Iwan Turgenjew

Visionen

und andere phantastische Erzählungen

Übersetzt von Alexander Eliasberg

Iwan Turgenjew: Visionen und andere phantastische Erzählungen

Übersetzt von Alexander Eliasberg.

Übersetzt von Alexander Eliasberg. Weimar, Gustav Kiepenheuer Verlag, 1914

Neuausgabe mit einer Biographie des Autors
Herausgegeben von Karl-Maria Guth
Berlin 2016

Umschlaggestaltung von Thomas Schultz-Overhage unter Verwendung des Bildes: Henri Martin, Mystische Szene, 1895

Gesetzt aus der Minion Pro, 11 pt

Verlag: Henricus - Edition Deutsche Klassik GmbH
Mörchinger Str. 33, 14169 Berlin, info@henricus-verlag.de
Druck: Libri Plureos GmbH, Friedensallee 273, 22763 Hamburg

ISBN 978-3-8430-8327-0

Bibliografische Information der Deutschen Nationalbibliothek

Die Deutsche Nationalbibliothek verzeichnet diese Publikation in der Deutschen Nationalbibliografie; detaillierte bibliografische Daten sind im Internet über www.dnb.de abrufbar.

Inhalt

Drei Begegnungen

Passa quei' colli e vieni allegramente,
Non ti curar di tanta compagnia –
Vieni, pensando a me segretamente –
Ch'io t'accompagna per tutta la via.

1.

Vor Jahren jagte ich mit besonderer Vorliebe in der Nähe des Kirch-
dorfes Glinnoje, das etwa zwanzig Werst von meinem Gute entfernt
liegt. Es ist wohl das beste Jagdgebiet im ganzen Landkreise. Nachdem
ich alle Felder und Gebüsche nach Wild abgesucht hatte, ging ich noch
regelmäßig gegen abend zum Moorgrunde – es war der einzige Moor-
grund in der ganzen Gegend – und begab mich erst von dort zu meinem gastfreundlichen Wirte, dem Dorfschulzen von Glinnoje, bei dem
ich in der Jagdzeit immer Quartier nahm. Vom Moor hatte ich bis
zum Dorfe kaum zwei Werst zu gehen; der Weg führte durch eine
Niederung, und nur auf der halben Strecke mußte ich über einen nicht
sehr hohen Hügel steigen. Auf diesem Hügel liegt ein kleiner Landsitz,
der aus einem unbewohnten Herrschaftshaus und einem Garten besteht.
Ich kam fast immer während des Sonnenuntergangs vorbei, und das
von den Strahlen der Abendsonne übergossene Haus mit den vernagel-
ten Fensterläden erinnerte mich jedesmal an einen blinden Greis, der
aus seinem Kämmerchen hervorgekrochen war, um sich in der Sonne
zu wärmen. Der arme Greis sitzt so allein an der Straße; statt des
Sonnenlichtes sieht er schon längst nur ewiges Dunkel; er fühlt aber
noch die Sonne auf seinem Gesicht, das er zu ihr wendet, und auf seinen erwärmten Wangen. Das Haus sah so aus, als ob darin schon
lange niemand gewohnt hätte; doch im winzigen Hofgebäude wohnte
ein freigelassener Leibeigener, ein hochgewachsener Greis mit silber-
weißem Haar und ausdrucksvollem, doch immer unbeweglichem Gesicht. Er saß meistens auf der Bank vor dem einzigen Fenster seines
Häuschens und blickte nachdenklich und bekümmert in die Ferne; so
oft er mich sah, erhob er sich von der Bank und verbeugte sich vor
mir mit jener langsamen Feierlichkeit, die nur den Leibeigenen der alten
Zeit, die zur Generation unserer Großväter und nicht zu der unserer

Väter gehören, eigen ist. Ich versuchte manchmal, ihn in ein Gespräch zu ziehen, er war aber ungewöhnlich wortkarg: das einzige, was ich von ihm erfahren konnte, war, daß das Gut, in dem er wohnte, der Enkelin seines früheren Herrn gehörte, einer Witwe, die noch eine jüngere Schwester hatte; daß die beiden irgendwo »hinter dem Meere« wohnten und das Gut niemals aufsuchten; daß er selbst nur den einen Wunsch hatte, baldmöglichst sein Leben zu beschließen: »Ich kaue und kaue meinen Bissen Brot, und manchmal ärgert es mich, daß ich so lange daran kauen muß.« Dieser Greis hieß Lukjanytsch.

Einmal jagte ich länger als gewöhnlich; es gab besonders viel Wild, ich schoß gut, auch war das Wetter ganz besonders für die Jagd geeignet – vom frühen Morgen an war der Tag still, trüb, gleichsam vom Abend durchdrungen. Ich war weit vom Dorfe abgekommen, und als ich den bekannten Landsitz erreichte, war es nicht nur ganz dunkel geworden, sondern auch der Mond war schon aufgegangen, und die Nacht beherrschte den Himmel. Ich mußte am Garten vorbei; ringsumher war eine seltsame Stille …

Ich durchquerte die breite Landstraße, bahnte mir vorsichtig den Weg durch die staubbedeckten Brennesseln hindurch, lehnte mich an die niedere Hecke und sah in den Garten hinein. Der nicht sehr große Garten lag vor mir regungslos, ganz vom silbernen Mondlicht überflutet und gleichsam beruhigt, feucht und duftend; er war nach alter Mode angelegt und bestand aus einer länglichen Rasenfläche, die von schnurgeraden Wegen durchschnitten war; die Wege trafen sich in ihrer Mitte bei einem runden Beet, auf dem Astern wucherten; hohe Lindenbäume umrahmten das Ganze wie mit gleichmäßigem Band. Dieses Band war nur an einer Stelle auf der Strecke von etwa zwei Klaftern durchbrochen, und durch diese Öffnung konnte man ein Stück des niedrigen Herrenhauses sehen; zwei Fenster des Hauses waren zu meinem größten Erstaunen erleuchtet. Hie und da standen auf der Rasenfläche junge Apfelbäume, und durch ihre dünnen Zweige hindurch blaute der milde Nachthimmel und flutete das einschläfernde Mondlicht; vor jedem der Apfelbäume lag auf dem silbrig schimmernden Rasen sein Schatten. Auf der einen Seite des Parkes waren die Linden vom Mondlicht übergossen und standen bleich und grün da; auf der anderen Seite waren sie schwarz und undurchsichtig; in ihrem dichten Laub erhob sich ab und zu ein seltsames verhaltenes Geflüster; es war mir, als ob sie mich in ihren Schatten auf die sich zwischen ihnen verlierenden Gartenwege locken wollten. Der ganze Himmel war voller Sterne; ihr blaues, mildes Licht ergoß sich geheimnisvoll über die Erde, auf die sie still, doch gespannt herabzublicken schienen. Leichte Wölkchen zogen ab und zu an der Mondscheibe vorbei und verwandelten ihren ruhigen Glanz in einen verschwommenen doch hellen Nebelfleck … Alles schlief. Die durch und durch warme, durch und durch duftende Luft war regungslos; ab und zu erzitterte sie so leise, wie das von einem herabgefallenen Zweig erschütterte Wasser … In allen Dingen lag eine eigentümliche Sehnsucht, eine Erwartung … Ich beugte mich über die Hecke: gerade vor mir erhob sich aus dem verwilderten Gras eine Mohnblume auf ihrem schlanken Stengel; ein großer runder Tautropfen glänzte matt auf dem Boden des Blütenkelches. Alles schlief, alles träumte einen süßen Traum; alles stand regungslos da, blickte nach oben und wartete … Worauf wartete diese warme, wache Nacht?

Sie wartete auf einen Laut; diese lauschende Stille wartete auf eine lebendige Stimme, – doch alles schlief. Die Nachtigallen hatten schon lange zu schlagen aufgehört … und das plötzliche Summen eines vorbeifliegenden Käfers, das Schnappen der Fische im Setzteiche hinter den Linden am anderen Ende des Gartens, das Zwitschern eines verschlafenen Vogels, ein Schrei in weiter Ferne, so weit, daß kein Ohr unterscheiden konnte, ob es ein Mensch, ein Tier oder ein Vogel war, – ein kurzes rasches Getrabe auf der Straße: alle diese schwachen Töne vertieften nur die Stille … Mein Herz war von einem eigentümlichen Gefühl erfüllt; es war wie eine Erwartung und zugleich wie die Erinnerung an ein entschwundenes Glück; ich wagte mich nicht zu rühren, ich stand unbeweglich vor dem regungslosen, vom Mondlicht und Tau übergossenen Garten und blickte, ohne selbst zu wissen warum, unverwandt auf die beiden Fenster, die rötlich durch das weiche Dunkel schimmerten. Und plötzlich ertönte im Hause ein Akkord, – er ertönte und rollte wie eine Woge durch die Stille … Die unheimlich klingende Luft antwortete mit einem lauten Echo … Ich fuhr unwillkürlich zusammen.

Dem Akkord folgte eine weibliche Stimme … Ich horchte gespannt auf und … wie soll ich nur mein Erstaunen schildern? – vor zwei Jahren hatte ich in Italien, in Sorrent dasselbe Lied und dieselbe Stimme gehört … Ja, ja …

Vieni pensando a me segretamente …

Ja, ich habe die Töne erkannt … Es war damals so gewesen: Nach einem längeren Spaziergang am Meeresstrande kehrte ich heim. Ich ging mit schnellen Schritten die Gasse entlang; die Nacht war schon längst hereingebrochen, – eine herrliche südliche Nacht, keine stille und melancholische wie bei uns, sondern eine helle, strahlende und üppige Nacht, schön wie eine glückliche Frau in der Blüte ihres Alters; das Mondlicht war ungewöhnlich hell; die großen strahlenden Sterne schienen sich auf dem dunklen Himmel zu bewegen; die schwarzen Schatten hoben sich scharf auf der vom Mondlicht fast gelb gefärbten Erde ab. Zu beiden Seiten der Straße zogen sich Gartenmauern hin; Orangenbäume erhoben hinter ihnen ihre krummen Äste, mit schweren goldenen Früchten beladen, die bald aus dem dichten Laube hervorschimmerten und bald unverhüllt, im vollen Mondlichte, glühten. Auf vielen Bäumen leuchteten zarte weiße Blüten; die Luft war von einem starken, fast unerträglichen, doch unbeschreiblich süßen Duft erfüllt. Während ich so nach Hause ging, waren mir alle diese Wunder, offen gesagt, nicht mehr neu; ich hatte nur den einen Wunsch, – möglichst schnell mein Hotel zu erreichen. Und plötzlich erklang aus einem kleinen Pavillon, der sich über einer Gartenmauer erhob, eine weibliche Stimme. Sie sang ein Lied, das ich nicht kannte, doch in den Tönen lag etwas so sehr Lockendes, die Stimme selbst schien von einer so leidenschaftlichen und glücklichen Erwartung, die wohl auch in den Worten des Liedes lag, durchdrungen, daß ich unwillkürlich stehen blieb und den Kopf hob. Im Pavillon waren zwei Fenster; doch die Jalousien waren herabgelassen, und durch die schmalen Spalten drang ein ganz schwacher Lichtschein. Die Stimme wiederholte noch zweimal die Worte »Vieni, vieni« und hielt inne; dann ließ sich noch ein leises Klirren von Saiten vernehmen, als ob eine Gitarre auf einen Teppich gefallen wäre, ein Kleid rauschte, ein Dielenbrett knarrte … Die hellen Lichtstreifen in einem der Fenster erloschen: jemand war von innen ans Fenster getreten und hatte sich gegen das Fensterkreuz gelehnt. Ich trat zwei Schritte zurück. Plötzlich knarrte das Fenster, der Laden wurde aufgeklappt; eine schlanke Frauengestalt, ganz weiß gekleidet, steckte für einen Augenblick ihren reizenden Kopf heraus und rief, die Arme gleichsam nach mir ausstreckend: »Sei tu?« Ich war ganz verwirrt und wußte nicht, was ich sagen sollte, doch die Unbekannte schrie in diesem Augenblick schwach auf und prallte zurück; der Laden wurde wieder zugeschlagen, und der Lichtschein wurde auf einmal matter, als ob man die Lampe in ein anderes Zimmer getragen hätte. Ich blieb unbeweglich stehen und konnte lange nicht zu mir kommen. Das Gesicht der Frau, das ich in diesem kurzen Augenblick gesehen hatte, war unbeschreiblich schön. Es war viel zu schnell meinen Blicken entschwunden, als daß ich mir jeden einzelnen Zug hätte merken können; doch der ganze Eindruck war ungemein stark und tief ... Ich hatte schon damals das Gefühl, daß ich dieses Gesicht nie vergessen werde ... Das Mondlicht übergoß die Wand des Pavillons und fiel gerade auf jenes Fenster, in dem ich sie erblickt hatte; mein Gott! – wie wunderbar glänzten im Mondlicht ihre großen dunklen Augen! Wie herrlich fielen ihre halbaufgelösten, schwarzen Flechten auf die runde Schulter herab! Wie viel verschämte Zärtlichkeit lag in der leichten Neigung ihres Oberkörpers, wie viel Liebessehnsucht in ihrer Stimme, als sie mich anrief, – wie hell klang das rasche Flüstern! Nachdem ich noch recht lange an dieser Stelle gestanden hatte, trat ich etwas zur Seite, in den Schatten der gegenüberliegenden Mauer und blickte von dort aus verständnislos und etwas blöde auf den Pavillon. Ich lauschte ... lauschte gespannt und aufmerksam ... Ich glaubte hinter dem dunkel gewordenen Fenster bald ein leises Atmen zu hören, bald ein seltsames Rascheln und ein leises Lachen. Plötzlich hörte ich in der Ferne Schritte ... sie kamen immer näher; am Ende der Straße zeigte sich ein Mann von gleichem Wuchse wie ich; er kam mit schnellen Schritten zu der Pforte, die in der Mauer dicht neben dem Pavillon angebracht war und die ich vorher nicht bemerkt hatte, klopfte zweimal, ohne sich umzublicken, mit dem eisernen Ring, wartete eine Weile, klopfte noch einmal und stimmte leise an: »Ecco ridente ...« Die Pforte ging auf und er schlüpfte lautlos hinein. Ich fuhr auf, schüttelte den Kopf, spreizte die Arme auseinander, drückte mir den Hut in die Stirne und ging ziemlich mißvergnügt nach Hause. Am nächsten Tage ging ich bei der gräßlichen Sonnenglut wohl zwei Stunden lang in der Straße am Pavillon auf und ab, doch ohne jeden Erfolg. Am gleichen Abend verließ ich aber Sorrent, ohne Tassos Haus besichtigt zu haben.

Mag sich nun der Leser das Erstaunen vorstellen, das mich ergriff, als ich in der Steppe, in einer der gottvergessensten Gegenden Rußlands die gleiche Stimme und das gleiche Lied wiedererkannte ... Jetzt wie damals war es in der Nacht; wie damals erklang die Stimme ganz plötzlich aus einem erleuchteten unbekannten Zimmer; wie damals war ich ganz allein. Das Herz klopfte mir und ich fragte mich, ob das

Ganze nicht ein Traum sei. Da erklang das letzte »Vieni« ... Wird denn auch jetzt das Fenster aufgehen? Wird sich wieder eine Frauengestalt zeigen? Das Fenster ging auf. In seinem Rahmen erschien eine Frau. Ich erkannte sie sofort, obwohl ich fünfzig Schritt von ihr entfernt war, obwohl der Mond in diesem Augenblick von einem leichten Wölkchen verdeckt war. Es war sie, meine Unbekannte aus Sorrent. Diesmal streckte sie aber nicht wie damals ihre entblößten Arme vor sich aus, sondern hielt sie auf dem Fensterbrett gekreuzt und blickte stumm und unbeweglich in den Garten. Ja, sie war es, es waren ihre unvergeßlichen Züge, ihre unvergleichlichen Augen. Sie trug wieder ein weites weißes Gewand, schien aber etwas voller als in Sorrent. Ihr ganzes Wesen atmete Siegesbewußtsein und Liebe, triumphierende, ruhige, glückliche Schönheit. Sie blieb ziemlich lange unbeweglich am Fenster stehen, blickte dann ins Innere des Zimmers zurück, richtete sich plötzlich auf und rief dreimal mit lauter und heller Stimme: »Addio!« Die herrlichen Töne ihrer Stimme hallten weit durch die Nacht, zitterten lange nach und erstarben über den Linden des Gartens, im Felde hinter mir und überall. Alles um mich her wurde für einige Augenblicke von dieser Frauenstimme erfüllt, alles widerhallte die Stimme, sie selbst schien in allen Dingen zu tönen ... Sie schloß das Fenster, und nach einigen Augenblicken erlosch auch das Licht im Hause.

Als ich wieder zu mir kam – ich muß gestehen, daß es noch eine ganze Weile dauerte – ging ich sofort am Garten entlang zum versperrten Tor und blickte über den Zaun. Im Hofe konnte ich nichts Außergewöhnliches wahrnehmen; in einer Ecke stand unter einem Schuppen ein Reisewagen. Der Vorderteil des Wagens war mit Straßenkot bespritzt und schien im Mondlichte grellweiß. Die Läden des Hauses waren wie immer geschlossen. Ich vergaß vorher zu sagen, daß ich vor diesem Tage eine ganze Woche nicht in Glinnoje gewesen war. Ich ging über eine halbe Stunde ganz verdutzt vor dem Zaune auf und ab, so daß ich zuletzt die Aufmerksamkeit des alten Hofhundes auf mich lenkte; er bellte mich aber nicht an, sondern sah mich ungewöhnlich ironisch mit seinen zusammengekniffenen halbblinden Augen an. Ich verstand den Wink und zog mich zurück. Ich war aber noch nicht eine halbe Werst gegangen, als ich plötzlich hinter mir den Hufschlag eines Pferdes hörte ... Nach einigen Augenblicken sprengte ein Reiter auf einem Rappen an mir vorbei; für einen kurzen Augenblick wandte er mir sein Gesicht zu, so daß ich unter der tief in die Stirne gedrückten Mütze eine Adlernase und einen schönen dichten Schnurrbart sehen konnte; er schwenkte vom Wege nach rechts ab und verschwand sofort im Walde. »Das ist er also«, sagte ich mir mit einem eigentümlichen Gefühl. Ich glaubte ihn erkannt zu haben; seine Figur erinnerte wirklich an die des Unbekannten, den ich zu Sorrent in die Gartenpforte eintreten gesehen hatte. Nach einer halben Stunde war ich schon in Glinnoje. Ich weckte meinen Quartierwirt und begann ihn sofort auszufragen, wer im Nachbarsgute angekommen sei. Als er endlich begriff, was ich von ihm wollte, antwortete er mir, daß die Gutsherrinnen eingetroffen seien.

»Was für Gutsherrinnen?« fragte ich ungeduldig.

»Nun, die Herrschaften«, antwortete er sehr träge.

»Ja, was für Herrschaften?«

»Nun, wie Herrschaften eben sind …«

»Sind sie Russinnen?«

»Was denn sonst? Selbstverständlich Russinnen.«

»Nicht Ausländerinnen?«

»Wie?«

»Sind sie schon lange hier?«

»Nein, erst seit kurzem.«

»Bleiben sie lange hier?«

»Das weiß ich nicht.«

»Sind sie reich?«

»Auch das weiß ich nicht. Vielleicht sind sie reich.«

»Ist nicht auch ein Herr mit ihnen gekommen?«

»Ein Herr?«

»Ja, ein Herr!«

Der Schulze seufzte auf.

»O Gott!« sagte er gähnend. »N–n–nein, ein Herr ist nicht dabei … Ich glaube nicht, daß einer dabei ist. Ich weiß es nicht!« fügte er plötzlich hinzu.

»Was gibt es hier noch für Nachbarn in der Nähe?«

»Was für Nachbarn? Nun, es sind eben verschiedene da.«

»Verschiedene? Und wie heißen sie?«

»Wer – die Gutsherrinnen oder die Nachbarn?«

»Die Gutsherrinnen.«

Der Schulze seufzte wieder auf.

»Wie sie heißen?« murmelte er. »Gott weiß, wie sie heißen! Die Ältere heißt, glaube ich, Anna Fjodorowna, und die Jüngere … Nein, ich weiß nicht, wie die Jüngere heißt.«

»Weißt du wenigstens, wie sie mit ihrem Familiennamen heißen?«

»Familiennamen?«

»Ja, mit dem Familiennamen, dem Zunamen.«

»Zunamen … Ja so. Das weiß ich bei Gott nicht.«

»Sind sie noch jung?«

»Nein, das nicht.«

»Wie alt?«

»Ja, die Jüngere wird so über die Vierzig sein.«

»Es ist alles nicht wahr, was du mir sagst.«

Der Schulze schwieg eine Weile.

»Nun, Sie werden es wohl besser wissen. Ich weiß von nichts.«

»Von dir werde ich wohl doch nichts anderes zu hören bekommen!« rief ich geärgert aus.

Da ich aus Erfahrung wußte, daß man von einem Russen, wenn er schon einmal angefangen hat, solche Antworten zu geben, nichts herausbekommen kann (ich hatte übrigens den Mann aus dem tiefsten Schlafe geweckt, er war noch ganz verschlafen und fiel bei jeder Antwort, die er mir gab, ein wenig vorn über, während seine Augen kindliches Erstaunen ausdrückten und er offenbar große Mühe hatte, die vom Honig des ersten Schlummers zusammengeklebten Lippen aufzureißen), – so gab ich alle weiteren Versuche auf. Ich verzichtete auf das Abendbrot und ging in meine Scheune schlafen.

Ich konnte lange nicht einschlafen. »Wer ist sie?« fragte ich mich in einem fort: »Eine Russin? Wenn sie eine Russin ist, warum spricht sie italienisch? … Der Schulze behauptet, sie sei nicht mehr jung … Er lügt … Und wer ist jener Glückliche? … Ich kann wirklich nichts begreifen … Welch ein seltsames Abenteuer! Ist es möglich, so zweimal hintereinander … Ich muß aber bestimmt erfahren, wer sie ist und wozu sie hergekommen ist …« Unter solchen wirren, abgerissenen Gedanken schlief ich sehr spät ein und hatte sonderbare Träume … Bald schien es mir, ich irre irgendwo in einer Wüste, in der drückendsten Mittagsglut herum und sehe über den glühend heißen gelben Sand einen großen Schatten huschen … Ich hebe den Kopf und sehe meine Schöne in den Lüften fliegen. Sie ist ganz weiß, hat große weiße Flügel und lockt mich zu sich. Ich stürze ihr nach, sie schwebt aber leicht und schnell vorbei, ich kann mich nicht von der Erde erheben und strecke vergeblich meine gierigen Arme nach ihr aus … »Addio!« ruft sie mir noch zu und entschwindet. – Warum habe ich keine Flügel … »Addio …« Und von allen Seiten klingt es: »Addio!« Jedes Sandkörnchen schreit und piepst: »Addio …« Das »i« klingt mir als unerträglicher, schneidender Triller ins Ohr … Ich bemühe mich, es wie eine Mücke zu verscheuchen, ich suche *sie* mit den Augen … Sie ist aber schon zu einem Wölkchen geworden und steigt langsam zur Sonne empor; die Sonne zittert, schwankt, lacht und streckt ihr lange goldene Fäden entgegen … Nun ist sie schon ganz von diesen Fäden umsponnen und löst sich in ihnen auf; ich schreie aber wie besessen: »Das ist nicht die Sonne, das ist nicht die Sonne, das ist die italienische Spinne; wer hat sie über die russische Grenze gelassen? Ich werde sie anzeigen: ich habe mit eigenen Augen gesehen, wie sie in fremden Gärten Orangen gestohlen hat …« Bald träumte mir, ich gehe einen schmalen Bergpfad hinauf … Ich habe es sehr eilig: ich muß möglichst schnell irgendein Ziel erreichen, wo mich ein unerhörtes Glück erwartet; plötzlich erhebt sich vor mir ein riesengroßer, steiler Felsen. Ich suche einen Durchgang, ich suche rechts, ich suche links, kann aber keinen Durchgang finden! Und plötzlich erklingt hinter dem Felsen die Stimme: »Passa, passa quei' colli …« Die Stimme ruft und lockt mich; sie wiederholt immer den gleichen traurigen Ruf. Ich bin von Sehnsucht erfaßt, ich werfe mich unruhig hin und her, will wenigstens einen schmalen Spalt finden … Doch wehe! Von allen Seiten erhebt sich die steile Granitwand … »Passa quei' colli«, wiederholt wehmütig die Stimme. Mein Herz vergeht vor Sehnsucht, ich stürze mich mit der Brust gegen den glatten Stein und kratze wütend mit den Nägeln an ihm … Plötzlich öffnet sich vor mir ein dunkler Gang. Ich kann vor Freude kaum atmen und eile vorwärts … »Unsinn!« ruft mir jemand zu, »du kommst nicht durch …« Vor mir steht Lukjanytsch; er winkt mir mit den Händen und droht … Ich durchsuche eilig die Taschen, will ihn bestechen, kann aber keine einzige Münze finden … »Lukjanytsch«, sage ich ihm, »laß mich durch, ich werde dich später belohnen.« – »Sie irren, Signore«, antwortet mir Lukjanytsch mit einem seltsamen Ausdruck: »Ich bin kein Leibeigener; erkennen Sie doch in mir den berühmten fahrenden Ritter Don Quixote von La Mancha. Mein ganzes Leben lang habe ich meine Dulcinea gesucht und sie nicht finden können. Ich werde nicht leiden, daß Sie die Ihrige finden …«

Und wieder ruft die Stimme beinahe weinend: »Passa quei' colli «... –
»Aus dem Weg, Signore!« rufe ich wütend aus und stürze mich auf
ihn ... Doch die lange Lanze des Ritters trifft mich ins Herz ... ich
falle tot hin, ich liege auf dem Rücken ... kann mich nicht rühren ...
und da sehe ich: *sie* kommt mit einer Lampe in der Hand, sie hebt die
Lampe mit einer schönen Gebärde über den Kopf, blickt sich im Finstern um, schleicht vorsichtig zu mir heran und beugt sich über mich
... »Da ist er also, der Narr!« sagt sie verächtlich lächelnd: »Er ist's,
der erfahren wollte, wer ich sei ...« Das heiße Öl der Lampe tropft mir
auf mein verwundetes Herz ... »Psyche!« bringe ich mühsam hervor
und erwache ...

Ich hatte sehr schlecht geschlafen und war schon beim ersten Morgengrauen auf den Beinen. Ich kleidete mich schnell an, nahm mein
Jagdgewehr und begab mich direkt zum Landsitz. Meine Ungeduld
war so groß, daß ich das mir bekannte Tor noch während des Sonnen-
aufganges erreichte. Ringsherum sangen die Lerchen, und auf den
Birken schrien die Dohlen, doch im Hause schien noch alles in tiefem
Morgenschlaf zu liegen. Sogar der Hund schnarchte noch am Zaune.
Von Erwartung und Ungeduld gequält und beinahe erbost ging ich im
taubedeckten Grase auf und ab und blickte immerfort auf das niedere
unansehnliche Haus, das in seinen Mauern jenes geheimnisvolle Wesen
barg ... Plötzlich knarrte leise die Gartenpforte und auf der Schwelle
erschien Lukjanytsch. Er war mit einem merkwürdigen gestreiften
Halbrock bekleidet, und sein langgezogenes Gesicht erschien mir
mürrischer als je. Er sah mich nicht ohne Erstaunen an und wollte die
Pforte gleich wieder schließen.

»Du, mein Lieber!« rief ich ihm schnell zu.

»Was suchen Sie hier um diese frühe Stunde?« fragte er mich gedehnt
und dumpf.

»Sag mir bitte, man sagt, daß eure Herrin angekommen sei?«

Lukjanytsch schwieg eine Weile.

»Ja, sie ist angekommen ...«

»Allein?«

»Mit der Schwester.«

»Hatten sie nicht gestern abend Besuch?«

»Nein.

Mit diesen Worten zog er wieder die Pforte an sich.

»Warte, warte, mein Lieber ... einen Augenblick ...«

Lukjanytsch hüstelte und krümmte sich vor Kälte.

»Was wollen Sie denn eigentlich?«

»Sage mir bitte, wie alt ist deine Gnädige?«

Lukjanytsch sah mich mißtrauisch an.

»Wie alt die Gnädige ist? Ich weiß nicht. Sie wird wohl über die Vierzig sein.«

»Über die Vierzig! Und die Schwester?«

»Etwas jünger als vierzig.«

»Ist's möglich! Ist sie schön?«

»Wer? Die Schwester?«

»Ja, die Schwester.«

Lukjanytsch lächelte.

»Ich weiß nicht, das kommt auf den Geschmack an. Ich finde sie nicht schön.«

»Wieso?«

»Sie ist schon gar zu unansehnlich. Ein wenig kränklich.«

»So! Und ist außer den beiden niemand hergekommen?«

»Niemand. Wer sollte denn noch herkommen?«

»Es kann ja nicht sein! … Ich …«

»Ach Herr! Sie werden mit Ihren Fragen wohl nie aufhören«, sagte der Alte geärgert. »Es ist auch zu kalt! Adieu!«

»Warte noch … Da hast du was! …« Ich reichte ihm einen Viertelrubel, den ich für ihn vorbereitet hatte; meine Hand stieß aber an die Pforte, die er mir vor der Nase zuschlug. Das Silberstück fiel zu Boden und rollte mir vor die Füße.

– Du alter Schwindler! – sagte ich mir. – »Don Quixote von La Mancha! Man hat dir wohl befohlen, zu schweigen … Warte nur, mich wirst du nicht anführen …«

Ich gab mir das Wort, die Sache um jeden Preis aufzuklären. Etwa eine halbe Stunde ging ich noch unschlüssig auf und ab. Endlich beschloß ich, mich zunächst im Dorfe zu erkundigen, wem eigentlich das Gut gehöre und wer augenblicklich darin wohne; dann wollte ich wieder zurückkehren und nicht eher fortgehen, als bis ich die Sache aufgeklärt haben würde. – Die Unbekannte muß doch früher oder später das Haus verlassen, und da werde ich sie endlich bei Tageslicht als einen lebendigen Menschen und nicht als Gespenst sehen. – Bis zum Dorfe mochte es eine Werst sein, ich begab mich aber schnell und rüstig dorthin: in meinem Blute siedete es, ich war ungewöhnlich kühn und entschlossen; die frische Morgenluft wirkte auf mich nach der unruhigen Nacht stärkend und zugleich aufregend. Im Dorfe erfuhr ich von zwei Bauern, die gerade an ihre Feldarbeit gingen, alles, was ich überhaupt erfahren konnte: nämlich, daß das Gut ebenso wie das Dorf, in dem ich mich befand, Michailowskoje hieß, daß es der Majorswitwe Anna Fjodorowna Schlykowa gehöre, daß diese noch eine unverheiratete Schwester Pelageja Fjodorowna Badajewa habe, daß beide reich seien, auf ihrem Gute fast nie lebten, meistens herumreisten, daß sie bei sich außer zweien leibeigenen Dienstmädchen und einem Koch niemand hätten und daß Anna Fjodorowna in diesen Tagen mit ihrer Schwester aus Moskau angekommen sei; sonst sei aber niemand mitgekommen … Dieser letztere Umstand machte mich etwas verdutzt: ich konnte ja nicht annehmen, daß auch der Bauer den Auftrag hatte, über die Unbekannte zu schweigen. Ebenso unmöglich war auch die Annahme, daß die fünfundvierzigjährige Witwe Anna Fjodorowna Schlykowa und jene reizende junge Frau, die ich gestern gesehen hatte, eine und dieselbe Person seien. Auch Pelageja Fjodorowna zeichnete sich, wie sie mir geschildert wurde, keineswegs durch Schönheit aus; beim bloßen Gedanken, daß die Frau, die ich in Sorrent gesehen hatte, den prosaischen Namen Pelageja und dazu noch Badajewa tragen sollte, zuckte ich die Achseln und lachte höhnisch. Und doch, dachte ich, habe ich sie erst gestern abend mit eigenen Augen in diesem Hause gesehen, ja, mit eigenen Augen! Geärgert, gereizt, doch in meiner Absicht noch mehr gefestigt, wollte ich sofort zum Gut zurückkehren; doch ich sah auf die Uhr: es war noch nicht sechs. Daher beschloß ich zu warten. Im geheimnisvollen Hause schlief wohl noch alles; wenn ich aber schon jetzt in der Gegend herumirren wollte, konnte ich leicht unnötigerweise Verdacht erwecken; auch stand ich gerade vor einem Gebüsch, und hinter diesem war ein Espengehölz zu sehen … Ich muß zu meiner Ehre sagen, daß trotz der großen Erregung, in der ich mich befand, die edle Jagdleidenschaft in mir noch nicht völlig verstummt war. »Vielleicht stoße ich auf ein Nest«, sagte ich mir, »und so wird die Zeit schneller verstreichen.« Ich ging ins Gebüsch. Offen gesagt war ich recht zerstreut und beobachtete wenig die Regeln der Kunst: ich behielt nicht ständig meinen Hund im Auge, vergaß über manchem Strauch mit der Zunge zu schnalzen, damit daraus mit großem Lärm ein Auerhahn herausfliege, und sah jeden Augenblick auf die Uhr, was schon durchaus unerlaubt ist. Endlich zeigte die Uhr über acht. »Es ist Zeit!«

sagte ich mir laut und wollte schon den Weg nach dem Landsitze einschlagen, als plötzlich kaum zwei Schritte vor mir im dichten Grase ein riesengroßer Auerhahn auftauchte; ich schoß auf den herrlichen Vogel und verwundete ihn am Flügel; er fiel beinahe um, überwand aber den Schmerz, schlug die Flügel und versuchte sich über die Espenwipfel zu erheben, doch die Kraft versagte ihm, und er fiel wie ein Stein ins Dickicht. Auf eine solche Jagdbeute zu verzichten, wäre doch ganz unverzeihlich gewesen; ich ging also ins Dickicht, gab meiner Hündin ein Zeichen, und nach einigen Augenblicken hörte ich ein verzweifeltes Flügelschlagen: der unglückliche Auerhahn war bereits unter den Tatzen meiner Diana. Ich hob ihn auf, steckte ihn in die Jagdtasche, sah mich um und – blieb wie angewurzelt stehen …

Der Wald, in den ich geraten war, war so dicht, daß ich nur mit großer Mühe die Stelle erreichte, wo der Vogel hingefallen war; in nicht allzu großer Entfernung schlängelte sich durch den Wald ein Fahrweg, und auf diesem kamen gerade Seite an Seite und im Schritt meine Schöne und der Mann, der mich gestern eingeholt hatte, geritten; ich erkannte den Mann am Schnurrbart. Sie ritten langsam und schweigend und hielten einander an den Händen; die Pferde gingen im Schritt, schwankten träge von der einen Seite auf die andere und reckten die schönen Köpfe. Nachdem ich mich vom ersten Schreck – ja, es war ein Schreck: eine andere Bezeichnung kann ich für das Gefühl, das sich meiner plötzlich bemächtigte, gar nicht finden … nachdem ich mich vom ersten Schreck erholt hatte, heftete ich auf sie meinen trunkenen Blick. Wie schön sie war! Wie herrlich hob sich ihre schlanke Gestalt vom smaragdgrünen Hintergrund ab! Weiche Schatten, zarte Lichter huschten leise über ihr langes graues Reitkleid, über ihren feinen, leichtgebeugten Hals, über ihr zartes Gesicht, ihre glänzenden schwarzen Haare, die in üppigen Flechten unter dem niederen Hut hervorquollen. Wie soll ich aber jenen Ausdruck vollkommener, leidenschaftlicher, stummer Seligkeit schildern, den alle ihre Züge atmeten! Ihr Köpfchen schien von der Last dieser Seligkeit gebeugt; aus den dunklen, halbgeschlossenen Augen sprühten feuchtglänzende goldene Funken; sie blickten nirgends hin, diese seligen Augen, die feinen Brauen senkten sich über sie. Ein unbestimmtes kindliches Lächeln, das Lächeln grenzenloser Freude schwebte um ihre Lippen; der Überfluß von Glück hatte sie gleichsam ermüdet, sie schien beinahe gebrochen, ebenso wie unter einer allzu üppig aufgegangenen Blüte oft der Stengel zusammenbricht; ihre beiden Hände ruhten kraftlos: die eine in der Hand ihres Begleiters, die andere auf dem Schopf des Pferdes. Ich hatte Zeit gehabt, sie zu beobachten und mir genau einen jeden ihrer Züge zu merken; aber auch *seine* Züge prägte ich mir ein … Er war ein schöner großer Mann mit nicht russischem Gesicht. Er sah auf sie selbstbewußt, befriedigt und, wie ich in seinen Augen lesen konnte, nicht ohne einen gewissen geheimen Stolz. Er betrachtete sie mit Wohlgefallen, der Schurke; er weidete sich an ihrem Anblick, war wohl sehr mit sich selbst zufrieden, schien aber zugleich eigentümlich gerührt … Und in der Tat: welcher Mann verdient wohl die Hingebung eines so schönen Geschöpfes, welche noch so schöne Seele wäre wert, einer anderen Seele ein solches Glück zu schenken? … Ich muß gestehen, daß ich ihn beneidete! … Indessen waren die beiden bis zu mir heran-gekommen; mein Hund sprang aus dem Gesträuch und bellte sie an. Die Unbekannte zuckte zusammen, sah sich rasch um, und als sie mich erblickte, versetzte sie ihrem Pferd einen heftigen Schlag mit der Reit-peitsche. Das Pferd schnaubte, bäumte sich, warf beide Vorderbeine empor und flog im Galopp dahin … Der Mann gab im gleichen Au-genblick seinem Rappen die Sporen, und, als ich nach einigen Augen-blicken den Waldrand erreicht hatte, ritten die beiden schon in golden schimmernder Ferne über das Feld, sich anmutig in ihren Sätteln wie-gend … sie ritten aber nicht in der Richtung zum Landsitze.

Ich blickte ihnen nach … Die Sonne übergoß sie noch zum letzten Male mit ihren Strahlen, bevor sie hinter dem Hügel verschwanden. Ich blieb noch eine Weile stehen, kehrte dann langsam in den Wald zurück, setzte mich am Wege und bedeckte das Gesicht mit den Hän-den. Ich wußte, daß es nach der Begegnung mit einem Unbekannten genügt, die Augen zu schließen, um sich sofort sein Bild zu vergegen-wärtigen; ein jeder kann die Richtigkeit dieser Wahrnehmung auf der Straße nachprüfen. Je bekannter uns ein Gesicht ist, um so schwieriger wird es, es sich auf diese Weise zu vergegenwärtigen, um so verschwom-mener zeigt sich uns sein Bild; an ein bekanntes Gesicht können wir uns wohl erinnern, können es uns aber nicht vergegenwärtigen … unser eigenes Gesicht können wir uns aber ganz unmöglich vorstellen … Wir kennen wohl jeden einzelnen Zug unseres Gesichtes, können uns aber daraus kein ganzes Bild aufbauen. Ich setzte mich also hin und schloß die Augen, – und sofort sah ich die Unbekannte vor mir, ihren Begleiter, die Pferde, und alles … Besonders deutlich sah ich das lächelnde Gesicht des Mannes. Ich betrachtete es aufmerksamer ... es verwischte sich und verschwand in einem blauroten Nebel, und gleich darauf zerrann auch ihr Bild und wollte nicht wiederkommen. – Ich erhob mich. »Nun, jetzt habe ich sie wenigstens gesehen, habe beide deutlich gesehen«, sagte ich mir, »nun bleibt mir nur noch die Namen zu erfahren.« Ja, die Namen! Welch eine kleinliche, unnötige Neugier! Ich schwöre aber, es war nicht Neugier, die mich so bewegte: es erschien mir einfach unsinnig, nach diesen seltsamen zufälligen Begegnungen nicht wenigstens ihre Namen zu erfahren. Mein früheres ungeduldiges Erstaunen war übrigens verschwunden: ich hatte nur ein seltsam trauriges verworrenes Gefühl, dessen ich mich ein wenig schämte ... Es war Neid ...

Ich beeilte mich nicht, zum Landsitze zurückzukehren. Offen gesagt, schämte ich mich, so hartnäckig einem fremden Geheimnis nachzuspüren. Auch hatte mich das Erscheinen des Liebespaares bei Tageslicht, so seltsam es auch war, ich will nicht sagen beruhigt, so doch etwas abgekühlt ... Ich fand in diesem Erlebnisse nichts Übernatürliches, nichts Wunderbares mehr ... nichts, was einem unerfüllbarem Traum ähnlich wäre ...

Ich machte mich wieder an die Jagd, wenn auch mit größerem Eifer als vorhin, so doch ohne rechte Begeisterung. Ich stieß auch auf eine Auerhahnfamilie, die für etwa anderthalb Stunden meine Aufmerksamkeit in Anspruch nahm ... Die jungen Vögel wollten auf meine Lockpfiffe lange nicht antworten, wahrscheinlich pfiff ich nicht »objektiv« genug. – Die Sonne stand schon ziemlich hoch (die Uhr zeigte auf zwölf), als ich meine Schritte wieder nach dem Landsitze richtete. Ich ging nicht zu schnell. Da blickte mich plötzlich vom Hügel aus das kleine Haus an ... Mein Herz begann wieder zu beben. Ich kam näher ... und sah, nicht ohne eine heimliche Freude, Lukjanytsch wie gewöhnlich auf der Bank vor seinem Häuschen sitzen. Das Tor war geschlossen ... die Fensterläden auch.

»Grüß Gott, Onkel!« rief ich ihm noch aus der Ferne zu. »Willst dich wohl wieder in der Sonne wärmen?«

Lukjanytsch wandte mir sein hageres Gesicht zu und lüftete stumm die Mütze.

Ich trat näher.

»Grüß Gott, Onkel«, wiederholte ich so freundlich, wie ich es nur konnte, um ihn milder zu stimmen. »Hast du ihn denn noch nicht gesehen?« fügte ich hinzu, als ich meinen neuen Viertelrubel noch immer auf der Erde liegen sah.

Ich zeigte auf die Silbermünze, die aus dem kurzen Grase halb hervorlugte.

»Hab ihn schon gesehen.«

»Warum hast du ihn nicht aufgehoben?«

»Das Geld gehört nicht mir, darum hab' ich es nicht aufgehoben.«

»Du bist doch wirklich merkwürdig, mein Lieber!« entgegnete ich etwas verlegen. Ich hob die Münze auf und reichte sie ihm: »Nimm, es ist ein Trinkgeld für dich!«

»Vielen Dank«, entgegnete Lukjanytsch mit ruhigem Lächeln. »Ich brauch' es nicht, kann auch ohne das Geld auskommen. Vielen Dank.«

»Ich will dir gern noch mehr geben!« sagte ich etwas verstimmt.

»Wofür denn? Machen Sie sich keine Mühe, ich danke Ihnen für die Freundlichkeit, habe auch so an meinem Brot genug zu beißen. Und selbst mit dem werde ich nicht fertig.«

Mit diesen Worten stand er auf und streckte die Hand nach der Pforte aus.

»Warte, warte noch, Alter«, sagte ich beinahe verzweifelnd. »Wie wortkarg du doch heute bist … Sag mir wenigstens, ist deine Gnädige schon aufgestanden?«

»Die Gnädige sind aufgestanden.«

»Und … ist sie jetzt zu Hause?«

»Nein, sie sind nicht zu Hause.«

»Macht sie irgendwo Besuche?«

»Nein, sie sind nach Moskau abgereist.«

»Nach Moskau? Heute früh war sie ja noch hier?«

»Ja, sie waren noch hier.«

»Hat auch hier übernachtet?«

»Ja, sie haben hier übernachtet.«

»Und war erst seit kurzem angekommen?«

»Ja, seit kurzem.«

»Wie ist es nur möglich, mein Lieber?«

»Ja, vor etwa einer Stunde sind die Gnädige wieder nach Moskau abgereist.«

»Nach Moskau!«

Ich sah ganz verdutzt auf Lukjanytsch: das hatte ich, offen gesagt, nicht erwartet …

Auch Lukjanytsch sah mich an ... Ein greisenhaftes verschmitztes Lächeln lag auf seinen trockenen Lippen und leuchtete schwach in seinen traurigen Augen.

»Ist sie mit der Schwester abgereist?« fragte ich ihn schließlich.

»Mit der Schwester.«

»Also ist jetzt niemand im Hause?«

»Niemand.«

– Dieser Alte betrügt mich, – ging es mir durch den Kopf. – Nicht umsonst lächelt er so verschmitzt. –

»Hör' einmal, Lukjanytsch«, sagte ich ihm, »willst du mir einen Gefallen erweisen?«

»Ja, was wünschen Sie?« sagte er gedehnt; meine Fragen ärgerten ihn offenbar.

»Du sagst, daß im Hause jetzt niemand ist; kannst du mir das Haus zeigen? Ich wäre dir dafür sehr dankbar.«

»Sie wollen also die Zimmer sehen?«

»Ja, die Zimmer.«

Lukjanytsch wurde nachdenklich.

»Mit Vergnügen«, sagte er nach einer Pause. »Kommen Sie, bitte, mit ...«

Er beugte sich und trat über die Schwelle der Pforte. Ich folgte ihm. Wir gingen durch den kleinen Hof und stiegen die baufälligen Stufen zum Flur hinauf. Der Alte stieß die Tür auf; an der Türe war gar kein Schloß; eine Schnur mit einem Knoten steckte aus dem Schlüsselloch hervor ... Wir traten in das Haus. Es bestand aus fünf oder sechs kleinen Zimmern; soviel ich bei dem spärlichen Lichte, das durch die Ritzen in den Fensterläden drang, sehen konnte, waren die Möbel in allen Zimmern sehr einfach und alt. In einem der Zimmer (dessen Fenster in den Garten gingen) stand ein kleines altmodisches Klavier ... Ich hob den verbogenen Deckel und schlug die Tasten an: ein unangenehmer, zischender Ton erklang und erstarb, sich gleichsam über meine Frechheit beklagend. Nichts wies darauf hin, daß in diesem Hause erst eben Menschen gewohnt hatten; selbst die Luft in den Zimmern war ungewöhnlich dumpf und tot; nur einige Papierfetzen, die auf dem Boden lagen und noch ganz frisch und weiß aussahen, ließen darauf schließen, daß sie erst seit kurzem hergekommen waren; ich hob einen der Fetzen auf. Es war ein Stück von einem zerrissenen Briefe; auf der einen Seite stand in einer temperamentvollen weiblichen

Handschrift: »se taire?«, auf der anderen Seite konnte ich das Wort: »bonheur« entziffern … Auf einem runden Tischchen am Fenster stand in einem Wasserglase ein welker Blumenstrauß, und daneben lag ein zerknittertes grünes Bändchen … Dieses Bändchen nahm ich mir als Andenken mit. – Lukjanytsch öffnete eine enge, mit Tapeten verklebte Türe und sagte:

»Das hier ist das Schlafzimmer, dahinter die Mädchenkammer; mehr Zimmer gibt's hier nicht …«

Wir gingen durch den Korridor zurück.

»Und was ist das da für ein Zimmer?« fragte ich, auf eine breite, weiße Türe mit einem Vorhängeschloß zeigend.

»Das da?« antwortete Lukjanytsch mit dumpfer Stimme. »Das ist nichts.«

»Wieso nichts?«

»Nichts … Eine Rumpelkammer …« Und er ging ins Vorzimmer.

»Eine Rumpelkammer? Kann ich sie sehen? …«

»Ich begreife nicht, was Sie da so interessiert«, entgegnete Lukjanytsch unzufrieden. »Was wollen Sie sehen? Es sind ja nur Koffer darin und altes Geschirr … eine Rumpelkammer und nichts weiter.«

»Ich will sie aber doch sehen, zeig' sie mir bitte, Alter«, sagte ich, obwohl ich mich innerlich meiner unanständigen Beharrlichkeit schämte. »Siehst du, ich möchte … ich möchte, auch bei mir im Dorfe ein solches Haus …«

Ich schämte mich noch mehr und konnte den angefangenen Satz nicht zu Ende bringen.

Lukjanytsch stand, den grauen Kopf gesenkt, und sah mich etwas eigentümlich mit krauser Stirne an.

»Zeig' sie mir doch«, wiederholte ich.

»Nun, von mir aus«, sagte er endlich. Er holte den Schlüssel aus der Tasche und machte sehr ungern die Türe auf.

Ich blickte in die Kammer hinein. Es war da wirklich nichts Bemerkenswertes. An den Wänden hingen alte Bildnisse mit dunklen, beinahe schwarzen Gesichtern und bösen Augen. Auf dem Boden lag verschiedenes Gerümpel.

»Nun, haben Sie sich sattgesehen?« fragte mich mürrisch Lukjanytsch.

»Ja, danke!« erwiderte ich eilig.

Er schlug die Türe zu. Ich ging ins Vorzimmer und aus dem Vorzimmer in den Hof.

Lukjanytsch geleitete mich hinaus, murmelte: »Leben Sie wohl!« und begab sich in sein Häuschen.

»Und wer war die Dame, die gestern hier zu Besuch war?« rief ich ihm nach. »Sie ist mir erst heute früh im Gehölz begegnet.«

Ich hoffte, ihn durch diese unerwartete Frage zu verirren und von ihm eine unüberlegte Antwort zu bekommen. Der Alte lachte aber nur und schlug die Türe hinter sich zu.

Ich kehrte nach Glinnoje zurück. Ich schämte mich wie ein Junge, den man ausgescholten hat.

– Nein, – sagte ich zu mir: – ich werde das Rätsel wohl nicht lösen können. Also geb' ich's auf! Will nicht mehr daran denken. –

Nach einer Stunde war ich schon auf dem Wege nach Hause; ich war erregt und erbost.

Es verging eine Woche. Wie sehr ich mich auch bemühte, die Erinnerung an die Unbekannte, an ihren Begleiter und an meine Begegnungen mit ihnen mir aus dem Kopfe zu schlagen, sie kamen immer wieder und belästigten mich so hartnäckig und zudringlich wie eine Fliege an einem Sommernachmittag … Auch Lukjanytsch, mit seinen geheimnisvollen Blicken und zurückhaltenden Reden, mit seinem kühlen und traurigen Lächeln kam mir immer wieder in den Sinn. Sogar das Haus, so oft ich daran dachte, – sogar das Haus schien mich durch seine halbgeschlossenen Fenster schlau und stumpf anzublicken, als wollte es mich necken und mir sagen: Und doch wirst du nichts erfahren! Ich hielt es schließlich nicht aus: an einem schönen Tag fuhr ich wieder nach Glinnoje und begab mich von da zu Fuß … wohin? Der Leser kann es leicht erraten.

Ich muß gestehen, als ich mich dem geheimnisvollen Landsitze näherte, spürte ich eine heftige Erregung. Das Haus schien in seinem Äußeren ganz unverändert: dieselben geschlossenen Fenster, dasselbe traurige und einsame Bild; doch auf der Bank vor dem Hofgebäude saß statt des alten Lukjanytsch ein mir unbekannter Bauernbursche von etwa zwanzig Jahren, in einem langschößigen Kaftan aus Baumwollzeug und in rotem Hemde. Er saß auf der Bank, den lockigen Kopf auf die Hand gestützt und schlummerte; von Zeit zu Zeit fuhr er im Schlafe zusammen.

»Grüß Gott, Bruder!« rief ich laut.

Er sprang sofort auf und sah mich starr mit erschrockenen Augen an.

»Grüß Gott, Bruder«, wiederholte ich, »wo ist der Alte?«

»Was für ein Alter?« fragte mich der Bursche gedehnt.

»Lukjanytsch.«

»Ach so, Lukjanytsch!« Er blickte zur Seite. »Sie wollen also Lukjanytsch?«

»Ja, Lukjanytsch. Ist er zu Hause?«

»N–ein«, sagte der Bursche nach einer Pause. »Er ist … wie soll ich … wie soll ich es Ihnen sagen …«

»Ist er etwa krank?«

»Nein.«

»Was ist denn mit ihm los?«

»Er ist nicht mehr da.«

»Wo ist er denn?«

»Ja, es ist ihm … ein Unglück zugestoßen.«

»Ist er gestorben?« fragte ich erstaunt.

»Er hat sich erhängt.«

»Erhängt!« rief ich erschrocken aus und schlug die Hände zusammen. Wir blickten einander an.

»Ist es lange her?« fragte ich schließlich.

»Heute sind es fünf Tage. Gestern wurde er beerdigt.«

»Warum hat er sich erhängt?«

»Gott weiß warum. Er war ja ein freier Mensch, kein Leibeigener mehr, er bekam sein Gehalt, er kannte keine Not, die Herrschaft behandelte ihn wie einen Verwandten. Wir haben ja eine so selten gute Herrschaft, Gott schenke ihr langes Leben! Man kann gar nicht begreifen, was ihm geschehen war. Der Böse hat ihn wohl verführt.«

»Wie hat er es denn gemacht?«

»Ganz einfach. Hat sich halt erhängt.«

»Und hat man ihm vorher nichts angemerkt?«

»Wie soll ich es Ihnen sagen … Etwas Besonderes war an ihm nicht zu sehen. Er war ja immer finster und mißtrauisch. Oft begann er zu krächzen und zu stöhnen und zu sagen, daß es ihm so traurig zumute sei. Nun, er war ja auch nicht mehr jung. In der letzten Zeit schien er wirklich etwas nachdenklicher als sonst. Manchmal kam er zu uns ins Dorf; ich bin nämlich sein Neffe. – ›Komm doch mal zu mir, Wassja‹, sagte er, ›und übernachte bei mir!‹ – ›Warum denn, Onkelchen?‹ – ›Ich fürchte mich allein zu sein, es ist so langweilig und einsam.‹ – Ich ging also ab und zu zu ihm hin. Manchmal ging er in den Hof hinaus, sah auf das Haus, schüttelte den Kopf und seufzte … Auch vor jener Nacht, das heißt bevor er sich erhängte, kam er zu uns und rief mich zu sich. Ich ging auch wirklich mit. Wie wir ankamen, saßen wir noch eine Weile auf der Bank vor seinem Häuschen; dann stand er auf und ließ mich allein. Ich wartete; als er lange nicht kommen wollte, ging ich in den Hof und rief: – ›Onkelchen, he Onkelchen! ›… – Der Onkel gab keine Antwort. Da denke ich mir: wo ist er nur hingegangen, vielleicht in das Herrschaftshaus? Es war aber schon Abend geworden. Ich ging also ins Haus. Es war schon dunkel geworden. Wie ich an der Rumpelkammer vorbeikomme, höre ich, daß dort jemand hinter der Türe kratzt; ich mache die Türe auf; richtig, da sitzt er in der Kammer beim Fenster. ›Was machen Sie hier, Onkelchen?‹ frage ich ihn. Er dreht sich plötzlich um und schreit mich wütend an; seine Augen laufen aber nur so hin und her und leuchten wie bei einem Kater. ›Was willst du? Siehst du denn nicht, daß ich mich rasiere?‹ Und seine Stimme klingt dabei so heiser. Mir standen plötzlich die Haare zu Berge, und es wurde mir, ich wußte selbst nicht warum, so ängstlich zumute … Damals hatten ihn wohl schon die Teufel in ihrer Gewalt. ›Im Finstern?‹ frage ich ihn, mir beben aber dabei die Knie. – ›Es ist gut‹, sagt er mir, – ›geh nur.‹ Ich ging, auch er kam aus der Kammer heraus und verschloß die Türe. Wir kamen wieder in sein Häuschen, und meine Angst war auf einmal wie weggeblasen. ›Was haben Sie, Onkelchen‹, fragte ich ihn, ›in der Kammer gemacht?‹ Er fuhr zusammen. ›Schweig und kümmere dich nicht um fremde Sachen.‹ Mit diesen Worten legte er sich auf die Ofenbank. In der Ecke brennt aber eine Nachtlampe. So liege ich da, bin gerade beim Einschlafen … plötzlich höre ich, wie die Türe leise aufgeht … ganz wenig geht sie auf. Der Onkel lag aber mit dem Rücken gegen die Tür; Sie werden sich wohl erinnern, daß er schwerhörig war. Und doch hörte er, wie die Türe aufging, und sprang plötzlich auf … ›Wer ruft mich da? Wer? Er will mich holen!‹ Mit diesen Worten lief er wie er war ohne Mütze in den Hof … Ich dachte mir noch: ›Was hat er nur?‹ schlief aber sofort wieder ein. Wie ich am nächsten Morgen erwache, ist Lukjanytsch nicht da. Ich ging aus dem Hause, rief nach ihm, bekam aber keine Antwort. Ich frage den Wächter: ›Hast du nicht meinen Onkel gesehen?‹ – ›Nein‹, sagt er mir, ›ich hab' ihn nicht gesehen.‹ – ›Es ist doch merkwürdig‹, sage ich, ›daß er nirgends zu sehen ist!‹ Es wurde uns beiden ganz bange zumute. ›Komm doch, Fedossejitsch, komm doch‹, sage ich, ›wollen wir im

Herrschaftshause nachschauen.‹ – ›Komm, Wassilij Timofejitsch‹, sagt
er drauf und ist dabei weiß wie Kalk. Wir gingen ins Haus … und wie
ich an der Kammer vorbeikomme, sehe ich, daß das Vorhängeschloß
an der Türe aufgemacht ist; ich will die Türe aufstoßen, sie ist aber
von innen zugeriegelt … Fedossejitsch lief sofort von außen herum
und sah ins Fenster. ›Wassilij Timofejitsch!‹ schreit er, ›die Beine hängen, die Beine …‹ Ich laufe sofort zum Fenster. Und es sind wirklich
seine Beine, Lukjanytschs Beine. Er hatte sich mitten im Zimmer erhängt … Wir schickten gleich nach der Polizei … Man nahm ihn aus
der Schlinge heraus: zwölf Knoten waren im Strick.«

»Und was sagte die Polizei?«

»Die Polizei? Die sagte nichts. Sie dachten lange nach, was da für
eine Ursache gewesen war. Es gab aber keine Ursache. Man entschied
also, daß er es im Wahnsinne getan hatte, und dabei blieb's. In der
letzten Zeit hatte er auch wirklich oft über Kopfschmerzen geklagt …«

Ich sprach noch etwa eine halbe Stunde mit dem Burschen und ging
schließlich heim, verstimmt und verwirrt. Ich muß gestehen, daß ich
das alte Haus nicht ohne eine geheime abergläubische Angst ansehen
konnte … Nach einem Monat reiste ich ab, und alle die schrecklichen
Eindrücke und geheimnisvollen Begegnungen gingen mir allmählich
aus dem Kopf.

2.

Drei Jahre vergingen. Diese Zeit verbrachte ich zum größten Teil in
Petersburg und im Auslande; und wenn ich auch einige Male mein
Landgut aufgesucht hatte, so war es doch nur für wenige Tage, so daß
ich kein einziges Mal Gelegenheit hatte, nach Glinnoje oder Michailowskoje zu kommen. Auch meine Schöne sah ich nicht wieder, eben-
sowenig ihren Begleiter. Nach drei Jahren kam ich aber ganz zufällig
mit Frau Schlykowa und ihrer Schwester, Fräulein Pelageja Badajewa,
derselben Pelageja, die ich bis dahin, offen gesagt, für eine erdichtete
Person gehalten hatte, in Moskau in einer Abendgesellschaft zusammen.
Beide Damen waren nicht mehr jung, doch von recht angenehmem
Äußeren; im Gespräch zeigten sie Geist und heiteres Temperament;
sie hatten große Reisen gemacht und offenbar mit Nutzen; beide benah-
men sich höchst ungezwungen und schienen lustig. Doch keine von
ihnen erinnerte auch im entferntesten an jene Unbekannte. Ich wurde

ihnen vorgestellt. Ich kam mit Frau Schlykowa ins Gespräch (ihre Schwester unterhielt sich gerade mit einem zugereisten Geologen). Ich erklärte ihr, daß ich das Vergnügen hätte, ihr Gutsnachbar im N–schen Kreise zu sein.

»Wirklich? Ich besitze dort tatsächlich ein kleines Gut«, erwiderte sie, »in der Nähe von Glinnoje.«

»Gewiß, gewiß«, entgegnete ich, »ich kenne Ihr Michailowskoje. Kommen Sie manchmal hin?«

»Ich? Sehr selten.«

»Waren Sie nicht vor drei Jahren dort?«

»Ich muß mich erst besinnen ... Ich glaube, ja. Richtig, ich war wirklich da.«

»Allein oder mit Ihrer Fräulein Schwester?«

Sie sah mich an.

»Mit meiner Schwester. Wir blieben acht Tage dort. Wir hatten geschäftlich zu tun. Sind übrigens mit keinem Menschen zusammengekommen.«

»Hm ... Ich glaube, daß es dort nicht viel Gutsnachbaren gibt, mit denen man verkehren kann.«

»Nein, nicht viel. Auch macht mir solcher Verkehr wenig Spaß.«

»Sagen Sie doch«, sagte ich, »ich glaube, daß dort im gleichen Jahr ein Unglück passiert ist. Lukjanytsch ...«

Frau Schlykowa traten Tränen in die Augen.

»Haben Sie ihn gekannt?« fragte sie mich mit großem Interesse. »Dieses Unglück! Er war ein so schöner, guter Greis ... Und denken Sie sich: ohne jede Ursache ...«

»Ja, ja«, murmelte ich, »wirklich schrecklich ...«

Die Schwester der Frau Schlykowa trat zu uns heran. Sie war wohl der gelehrten Erörterungen des Geologen über die Formation der Wolgaufer überdrüssig geworden.

»Denke dir nur, Pauline«, sagte Frau Schlykowa, »der Herr hat unsern Lukjanytsch gekannt!«

»Wirklich? Der arme Alte!«

»Ich bin öfters in der Gegend von Michailowskoje zur Jagd gewesen, und gerade um die Zeit, als Sie dort waren, also vor drei Jahren«, bemerkte ich wie nebenbei.

»Ich?« entgegnete Pelageja etwas verlegen.

»Nun ja, natürlich!« fiel ihr die Schwester ins Wort. »Weißt du es nicht mehr?«

Sie blickte ihr scharf in die Augen.

»Ach ja, gewiß!« antwortete plötzlich Pelageja.

– He he, – sagte ich mir – ich glaube kaum, daß du damals in Michailowskoje gewesen bist, meine Liebe! –

»Wollen Sie uns nicht etwas vorsingen, Pelageja Fjodorowna?« sagte plötzlich ein schlanker junger Mann mit blondem Lockenkopf und trüben süßlichen Augen.

»Ich weiß wirklich nicht«, erwiderte Fräulein Badajewa.

»Sie singen?« rief ich lebhaft aus und erhob mich von meinem Platze. »Um des Himmels Willen … singen Sie uns etwas vor.«

»Was soll ich denn singen?«

»Kennen Sie vielleicht«, sagte ich, indem ich mir Mühe gab, möglichst gleichgültig und unbefangen zu erscheinen, »kennen Sie vielleicht ein italienisches Lied, das mit den Worten beginnt: Passa quei' colli?«

»Ich kenne es«, antwortete Pelageja ganz unschuldig. »Wollen Sie, daß ich es Ihnen vorsinge? Mit Vergnügen.«

Sie ging ans Klavier. Ich bohrte meinen Blick durchdringend wie Hamlet in Frau Schlykowa. Es schien mir, daß sie beim ersten Ton des Liedes etwas zusammenfuhr; sie hörte übrigens das Lied bis zum Ende ruhig an. Fräulein Badajewa sang recht nett. Als das Lied zu Ende war, erscholl das übliche Händeklatschen. Man bat sie, sie möchte noch etwas singen; doch beide Schwestern verständigten sich mit einem stummen Blick und brachen auf. Als sie das Zimmer verließen, glaubte ich das Wort »importun« zu hören.

»Ganz recht!« sagte ich mir. Ich bin mit ihnen nie wieder zusammengekommen.

Es verging noch ein Jahr. Ich war inzwischen nach Petersburg gezogen. Im Winter begannen die Maskenbälle. Als ich eines Abends gegen elf Uhr das Haus eines Freundes verließ, überkam mich plötzlich eine ungemein düstere Stimmung, und ich beschloß, um mich zu zerstreuen, den Maskenball im Adelsklub aufzusuchen. Lange irrte ich zwischen den Säulen und den Spiegeln herum, mit jenem bescheidenen und zugleich vielsagenden Gesichtsausdruck, den, wie ich bemerkt habe, ich weiß nicht warum, bei ähnlichen Gelegenheiten selbst die anständigsten Menschen annehmen. Lange irrte ich so herum, fertigte ab und zu mit einem Scherz manchen zudringlichen Domino in zweifelhaften Spitzen und nicht ganz sauberen Handschuhen ab, der mich mit kreischender Stimme anrief und sprach noch seltener selbst einen solchen an; lange ließ ich das Heulen der Blasinstrumente und das Winseln der Geigen über mich ergehen. Schließlich hatte ich diese Langeweile satt, ich bekam Kopfschmerzen und beschloß, nach Hause zu fahren; und doch … und doch blieb ich noch da. Mir war eine Frau in schwarzem Domino aufgefallen, die an eine Säule gelehnt stand. Ich ging sofort auf sie zu, blieb vor ihr stehen und … werden es mir meine Leser glauben wollen? … ich erkannte in ihr meine Unbekannte. Woran ich sie erkannte: ob am Blick, den sie mir zerstreut durch die länglichen Schlitze in der Maske zuwarf, oder an der herrlichen Form ihrer Schultern und Arme, an ihrer ganzen ungewöhnlich majestätischen Erscheinung, oder sagte es mir plötzlich eine innere Stimme, – ich weiß es nicht; jedenfalls hatte ich sie erkannt. Ich ging einige Male mit bebendem Herzen an ihr vorüber. Sie rührte sich nicht. Ihre ganze Haltung drückte ungewöhnliche, hoffnungslose Trauer aus, und ich mußte unwillkürlich an die Worte einer spanischen Romanze denken:

> Soy un cuadro de tristeza,
> Arrimado a la pared …

> Bin ein trauriges Gemälde
> Angelehnt an eine Wand …

Ich trat hinter die Säule, an der sie lehnte, beugte mich zu ihrem Ohr und raunte ihr zu:

»Passa quei' colli …«

Sie erbebte am ganzen Körper und wandte sich rasch nach mir um. Unsere Augen kamen einander so nahe, daß ich deutlich erkennen konnte, wie sich ihre Pupillen vor Angst erweiterten. Sie blickte mich ganz bestürzt an, die eine Hand etwas vorgestreckt.

»Am 6. Mai 184* in Sorrent, um zehn Uhr abends, in der Straße della Croce«, sagte ich langsam, ohne die Augen von ihr zu wenden, »dann in Rußland, im N'schen Gouvernement, im Dorfe Michailowskoje, am 22. Juli 184* …«

Ich sagte das alles französisch. Sie rückte von mir weg, und maß mich von Kopf bis zu den Füßen mit einem erstaunten Blick. Dann flüsterte sie mir zu: »venez! …« und ging mit raschen Schritten aus dem Saal; ich folgte ihr.

Wir gingen schweigend. Ich kann gar nicht wiedergeben, was ich empfand, als ich so an ihrer Seite ging. Es war mir, als ob ein herrliches Traumbild plötzlich zur Wirklichkeit geworden wäre, als ob die Statue der Galathea zum erstaunten Pygmalion als lebende Frau vom Sockel herabgestiegen wäre. Ich traute meinen Augen nicht und wagte kaum zu atmen.

Wir gingen durch einige Zimmer … Schließlich blieb sie in einem der Räume stehen und setzte sich auf einen kleinen Divan vor ein Fenster. Ich setzte mich an ihre Seite.

Sie wandte mir langsam ihr Gesicht zu und betrachtete mich eine Weile mit aufmerksamen Blicken.

»Kommen Sie … von *ihm*?« fragte sie schließlich.

Ihre Stimme klang schwach und unsicher …

Diese Frage machte mich etwas verlegen.

»Nein … nicht von ihm«, antwortete ich stotternd.

»Kennen Sie ihn?«

»Ja, ich kenne ihn«, antwortete ich mit geheimnisvoller und wichtiger Miene. Ich wollte meine Rolle zu Ende spielen. »Ich kenne ihn.«

Sie sah mich mißtrauisch an, wollte mir wohl etwas sagen, sagte aber nichts und blickte zu Boden.

»Sie haben ihn in Sorrent erwartet«, fuhr ich fort, »Sie waren mit ihm in Michailowskoje zusammengekommen, sind dort mit ihm einmal ausgeritten …«

»Wie konnten Sie …« fing sie an.

»Ich weiß alles, alles«, unterbrach ich sie.

»Ihr Gesicht kommt mir etwas bekannt vor«, fuhr sie fort, »doch nein …«

»Nein, Sie kennen mich nicht.«

»Was wollen Sie also von mir?«

»Ich weiß alles«, wiederholte ich.

Ich wußte sehr wohl, daß ich den guten Anfang hätte besser ausnützen und im gleichen Sinne fortfahren sollen, daß meine Wiederholungen »Ich weiß alles« auf die Dauer lächerlich wirkten; meine Aufregung war aber so groß, die unerwartete Begegnung hatte mich so verwirrt, daß ich gar nicht wußte, was ich ihr noch weiter sagen sollte. Außerdem wußte ich auch in der Tat nichts mehr. Ich fühlte, daß ich vor ihr auf einmal ganz dumm dastand und daß ich aus dem geheimnisvollen allwissenden Wesen, als welches ich ursprünglich erscheinen mußte, mich allmählich in einen blöde lächelnden Idioten verwandelte; konnte aber nichts mehr dagegen tun.

»Ja, ich weiß alles«, sagte ich noch einmal.

Sie sah mich an, stand schnell auf und wollte fort.

Das war aber zu grausam. Ich ergriff sie bei der Hand.

»Um Gotteswillen«, begann ich, »setzen Sie sich und hören Sie mich an ...«

Sie dachte eine Weile nach und setzte sich schließlich wieder auf den Divan.

»Ich habe Ihnen soeben gesagt«, fuhr ich, mich ereifernd, fort, »daß ich alles weiß; das ist Unsinn. Ich weiß nichts, absolut nichts. Weder wer Sie sind, noch wer er ist; und wenn Sie sich über die Worte wundern, die ich Ihnen vorhin bei der Säule zugeraunt habe, so schreiben Sie doch alles einem Zufall zu, einem merkwürdigen, unbegreiflichen Zufall, der mich zweimal wie zum Scherz Ihnen in den Weg geführt und zu einem unfreiwilligen Zeugen von Dingen gemacht hat, die Sie vielleicht geheim halten wollen ...«

Und ich erzählte ihr, ohne irgend etwas zu verheimlichen, alles: von meinen Begegnungen mit ihr in Sorrent und in Rußland, von meinen erfolglosen Nachforschungen in Michailowskoje und selbst von meinem Gespräch mit Frau Schlykowa und deren Schwester zu Moskau.

»Jetzt wissen Sie alles«, fuhr ich fort, als ich mit dem Bericht fertig war. »Ich will Ihnen gar nicht sagen, welch einen tiefen und erschütternden Eindruck Sie auf mich gemacht haben: Sie zu sehen und von Ihnen nicht bezaubert zu werden, ist ganz unmöglich ... Andererseits brauche ich gar nicht zu sagen, welcher Art dieser Eindruck war. Besinnen Sie sich doch nur, unter welchen Verhältnissen ich Sie beide Male sah ... Glauben Sie mir, ich gebe mich nicht gerne wahnsinnigen Hoffnungen hin, begreifen Sie aber jene ungewöhnliche Erregung, die sich meiner heute abend bemächtigt hat, und entschuldigen Sie mir die plumpe List, die ich anwandte, um Ihre Aufmerksamkeit, wenn auch nur für einen kurzen Augenblick, auf mich zu lenken ...«

Sie hörte meinen verworrenen Erklärungen mit gesenktem Kopfe zu.

»Was wollen Sie also von mir?« fragte sie schließlich.

»Ich? … Ich will nichts … Ich bin ohnehin glücklich … Ich respektiere fremde Geheimnisse.«

»Wirklich? Bisher hatte ich eigentlich den Eindruck … Ich will Ihnen, übrigens, keine Vorwürfe machen. An Ihrer Stelle würde wohl ein jeder so gehandelt haben. Auch hat uns das Schicksal gar zu beharrlich unter so ungewöhnlichen Umständen einander zugeführt … Das gibt Ihnen vielleicht ein gewisses Anrecht auf meine Offenherzigkeit. Hören Sie also: ich gehöre nicht zu jenen unverstandenen und unglücklichen Frauen, die auf Maskenbälle gehen, um mit dem ersten Besten von ihren Leiden zu reden und nach mitfühlenden Seelen zu suchen … Ich brauche keines Menschen Mitgefühl; mein Herz ist längst tot, und ich bin hergekommen, um es endgültig zu begraben.«

Sie führte ihr Taschentuch an die Lippen.

»Ich hoffe«, fuhr sie mit einiger Überwindung fort, »daß Sie meine Worte nicht als gewöhnliche Maskenballergüsse auffassen. Sie müssen einsehen, daß es mir ganz anders zumute ist …«

Und wirklich glaubte ich in ihrer Stimme, wie angenehm und einschmeichelnd sie auch klang, etwas Unheimliches zu hören.

»Ich bin Russin«, fuhr sie russisch fort; bisher hatte sie französisch gesprochen, »obwohl ich in Rußland wenig gelebt habe … Meinen Namen brauchen Sie nicht zu wissen … Anna Fjodorowna ist meine alte Freundin; ich war wirklich einmal in Michailowskoje unter dem Namen ihrer Schwester … Damals durfte ich mit ihm noch nicht öffentlich zusammenkommen … Es waren auch ohnehin Gerüchte über uns im Umlauf … es gab noch verschiedene Hindernisse, er war noch nicht frei … Diese Hindernisse sind nun beseitigt … Da hat aber er, dessen Namen ich hätte tragen sollen, mit dem Sie mich gesehen haben, mich verlassen.«

Sie ließ hoffnungslos die Arme sinken und schwieg eine Weile … Dann fragte sie mich:

»Kennen Sie ihn wirklich nicht? Ist er Ihnen nie begegnet?«

»Wirklich nie.«

»Er hat sich fast immer im Ausland aufgehalten. Jetzt ist er übrigens hier … Das ist meine ganze Geschichte«, setzte sie hinzu. »Wie Sie sehen, ist an ihr nichts Geheimnisvolles, nichts Außergewöhnliches.«

»Und Sorrent?« wandte ich schüchtern ein.

»Ich hatte ihn in Sorrent kennen gelernt«, antwortete sie langsam und wurde wieder nachdenklich.

Wir schwiegen beide. Eine seltsame Unruhe bemächtigte sich meiner. Ich saß an ihrer Seite, an der Seite jener Frau, deren Bild so oft meine Gedanken beherrscht und mich so schmerzvoll bewegt und erregt hatte, – ich saß an ihrer Seite, doch mein Herz blieb kühl, beklommen. Ich wußte, daß dieses Gespräch zu nichts führen würde, daß zwischen mir und ihr ein unüberbrückbarer Abgrund lag, daß wir uns nach dieser Begegnung nie wieder sehen würden. Den Kopf etwas vorgebeugt, beide Hände nachlässig auf die Knie gesenkt, saß sie gleichgültig da. Ich kenne nur zu gut diese nachlässige Gebärde des unheilbaren Schmerzes, diese Gleichgültigkeit des nicht wieder gutzumachenden Unglücks! Maskierte Paare zogen an uns vorbei; die Töne eines »eintönigen und wahnsinnigen« Walzers klangen bald leise wie aus der Ferne und bald dröhnend in unsere Ohren; die lustige Ballmusik machte auf mich einen traurigen, schweren Eindruck. Ist denn diese Frau – dachte ich – die gleiche, die mir einst am Fenster jenes fernen Landhauses im Glanze ihrer sieghaften Schönheit erschienen war? ... – Und doch schien sie von der Zeit unberührt. Der untere Teil ihres Gesichts, den die Spitzen der Maske offen ließen, war zart wie bei einem Kinde; ihr entströmte aber ein Hauch von Kälte wie einer Statue ... Galathea war auf ihr Postament zurückgekehrt und durfte es nie wieder verlassen.

Plötzlich richtete sie sich auf, sah ins andere Zimmer und erhob sich.

»Geben Sie mir den Arm«, sagte sie mir, »kommen Sie schnell ...«

Wir kehrten in den Saal zurück. Sie ging so schnell, daß ich ihr nur mit Mühe folgen konnte. Vor einer Säule blieb sie stehen.

»Warten wir hier eine Weile«, flüsterte sie mir zu.

»Suchen Sie jemand? ...«

Sie achtete aber nicht mehr auf mich und richtete ihren starren Blick mitten in die Menge. Ihre großen schwarzen Augen blickten verträumt und zugleich drohend durch die Schlitze im schwarzen Samt.

Auch ich blickte in der gleichen Richtung, und sofort wurde mir alles klar. Im schmalen Gange zwischen den Säulen und der Wand ging er, der Mann, den ich mit ihr im Walde gesehen hatte. Ich erkannte ihn sofort: er hatte sich gar nicht verändert. Sein blonder Schnurrbart war noch ebenso schön, und in seinen braunen Augen leuchtete noch immer die gleiche selbstbewußte und ruhige Heiterkeit. Er ging nicht schnell, wiegte sich in den Hüften und erzählte etwas einer Dame im Domino, die er am Arme führte. Als er an uns vorüberging, hob er plötzlich den Kopf und blickte zuerst auf mich und dann auf sie, mit der ich stand; offenbar erkannte er sofort ihre Augen, denn plötzlich zuckten seine Brauen; er kniff seine Augen zusammen, und über seine Lippen huschte ein kaum wahrnehmbares, doch ungemein freches Lächeln. Er neigte sich zu seiner Dame und flüsterte ihr etwas ins Ohr; sie wandte sich sofort um, und ihre blauen Augen streiften uns mit einem schnellen Blick; dann kicherte sie leise und drohte ihrem Begleiter mit ihrem kleinen Händchen. Er zuckte leicht die Achseln, und sie schmiegte sich kokett an ihn …

Ich wandte mich zu meiner Unbekannten. Sie blickte dem sich entfernenden Paare nach; plötzlich riß sie ihren Arm aus dem meinen los und stürzte zur Türe. Ich wollte ihr nacheilen, sie drehte sich aber um und warf mir einen solchen Blick zu, daß ich stehen blieb und mich tief vor ihr verbeugte. Ich begriff, daß es roh und dumm gewesen wäre, sie weiter zu verfolgen.

»Sag' mir doch, mein Lieber«, fragte ich nach einer Viertelstunde einen meiner Bekannten, ein lebendiges Adreßbuch von Petersburg, »wer ist jener schlanke, hübsche Herr mit dem blonden Schnurrbart?«

»Dieser? … Irgend ein Ausländer, ein ziemlich rätselhaftes Individuum, das sich sehr selten an unserem Horizont zeigt. Warum interessiert er dich?«

»Ich habe nur so gefragt …«

Ich kehrte nach Hause zurück. Seitdem sah ich sie nie wieder. Wenn ich den Namen des Mannes, den sie geliebt hatte, wüßte, so könnte ich wohl auch leicht herausbringen, wer sie war; ich wollte es aber nicht tun. Ich habe vorhin gesagt, daß diese Frau mir wie ein Traumbild erschienen war; so zog sie auch wie ein Traumbild vorüber und verschwand auf Nimmerwiedersehn.

Visionen

Eine Phantasie

Und der Zauber ist im Nu zerronnen,
Und das Wirkliche erfüllt die Seele.

A. Feth

1.

Ich konnte lange nicht einschlafen und wälzte mich unaufhörlich von der einen Seite auf die andere. »Hole doch der Teufel das blöde Tischrücken«, dachte ich, »das greift nur die Nerven an ...« Endlich begann der Schlummer mich zu überwältigen ...

Plötzlich war es mir, als ob irgendwo im Zimmer schwach und klagend eine Saite erklänge.

Ich hob den Kopf. Der Mond stand niedrig am Himmel und blickte mir gerade in die Augen. Sein Licht lag weiß wie Kreide auf dem Fußboden ... Und wieder ließ sich der seltsame Klang vernehmen ...

Ich stützte mich auf einen Ellenbogen. Eine leise Furcht regte sich in meinem Herzen. – Es verging eine Minute, und noch eine ... Irgendwo in der Ferne krähte ein Hahn; in noch weiterer Ferne antwortete ihm ein anderer.

Ich ließ den Kopf auf das Kissen sinken. »So weit kann es mit einem kommen«, sagte ich mir wieder, »daß es in den Ohren zu klingen anfängt.«

Einige Minuten darauf schlief ich ein, oder kam es mir nur so vor, als ob ich einschliefe? ... Ich hatte einen ungewöhnlichen Traum. Mir träumte, daß ich in meinem Schlafzimmer auf einem Bette läge, nicht schliefe, nicht einmal die Augen schließen könne. Und nun höre ich wieder den Klang ... Ich wende mich um ... Der Mondfleck am Boden richtet sich allmählich auf, rundet sich oben ab ... Vor mir, durchsichtig wie ein Nebel, steht unbeweglich eine weiße Frau.

»Wer bist du?« frage ich sie mit großer Anstrengung.

Eine Stimme, ähnlich dem Säuseln der Blätter, antwortet mir: »Das bin ich ... ich ... ich ... Ich bin dich abholen gekommen.«

»Mich abholen? Wer bist du?«

»Komm nachts zur alten Eiche, die an der Ecke des Waldes steht. Dort werde ich dich erwarten.«

Ich will mir das Antlitz der geheimnisvollen Frau näher ansehen, muß aber plötzlich zusammenschaudern ... ein kalter Odem weht mich an. Und ich liege nicht mehr, ich sitze auf meinem Bett, und dort, wo die Vision erschienen war, liegt ein langer, weißer Mondlichtstreifen auf dem Boden.

2.

Wie ich den folgenden Tag verbracht habe, weiß ich nicht mehr. Ich versuchte, glaube ich, etwas zu lesen, zu arbeiten ... nichts wollte mir gelingen. Die Nacht brach an. Das Herz schlug mir voller Erwartung. Ich legte mich nieder und kehrte das Gesicht zur Wand.

»Warum bist du nicht gekommen?« ließ sich ein deutliches Flüstern vernehmen.

Ich wandte mich rasch um.

Es war wieder sie ... wieder die geheimnisvolle Vision; die unbeweglichen Augen in dem unbeweglichen Gesicht blickten regungslos, und der Blick war von Trauer erfüllt.

»Komm!« flüsterte sie wieder.

»Ich werde kommen«, antworte ich mit unwillkürlichem Schaudern. Die Vision schwebte leicht nach vorn und verschwamm und verzog sich wie Rauch, – und das weiße Mondlicht lag wieder friedlich auf dem glatten Boden.

3.

Ich verbrachte den Tag in Aufregung. Beim Nachtmahl trank ich fast eine ganze Flasche Wein, trat auf den Flur hinaus, kehrte jedoch gleich zurück und warf mich aufs Bett. Das Blut wogte schwer in meinen Adern.

Und wieder ließ sich der Laut vernehmen ... Ich fuhr zusammen, wandte mich aber nicht um. Plötzlich fühlte ich, daß mich jemand von hinten fest umschlang und mir ins Ohr flüsterte: »Komm, komm, komm ...« Ich zitterte vor Schreck und stöhnte:

»Ja, ich werde kommen!«

Und mit diesen Worten richtete ich mich auf.

Die Frau stand, über das Kopfende meines Bettes gebeugt. Sie lächelte mir leise zu und verschwand. Es gelang mir aber noch, ihr Gesicht zu sehen. Es war mir, als hätte ich es schon früher einmal gesehen; doch wo und wann? Ich stand spät auf und irrte den ganzen folgenden Tag in den Feldern und Wiesen umher, kam einige Male zur alten Eiche am Waldsaum und sah mich aufmerksam um.

Gegen abend saß ich am geöffneten Fenster in meinem Arbeitszimmer. Meine alte Haushälterin stellte eine Tasse Tee vor mich hin, ich rührte sie aber nicht an … Ich war ganz verwirrt und fragte mich sogar: »Ob ich nicht den Verstand verliere?« Die Sonne war eben untergegangen, und nicht nur der Himmel glühte – auch die ganze Luft füllte sich plötzlich mit einem fast übernatürlichen Purpurglanz; das Laub und die Gräser schimmerten wie mit frischem Lack überzogen und rührten sich nicht; in ihrer starren Unbeweglichkeit, in der grellen Deutlichkeit ihrer Umrisse, in dieser Verbindung hellen Glanzes mit toter Stille lag etwas Seltsames und Rätselhaftes. Ein ziemlich großer grauer Vogel flog plötzlich lautlos herbei und setzte sich auf den Rand des Fensterbrettes … Ich betrachtete ihn, und auch er betrachtete mich von der Seite mit seinem runden, dunklen Auge. – »Hat man dich etwa hergeschickt, um mich zu erinnern?« dachte ich.

Der Vogel schwang sogleich seine weichen Flügel und flog so lautlos davon, wie er gekommen. Ich saß noch lange am Fenster, fühlte mich aber nicht mehr so verwirrt: ich war gleichsam in einen Zauberkreis hineingeraten, und eine sanfte, doch unwiderstehliche Macht zog mich fort, ebenso wie das Boot noch lange vor dem Wasserfall von der Strömung fortgezogen wird. Endlich raffte ich mich auf. Der Purpurglanz in der Luft war längst verschwunden, die Farben waren trüber geworden, und der Zauber der Stille war gebrochen. Ein leiser Windhauch bewegte die Luft, der Himmel wurde immer dunkler und der Mond immer heller, und bald funkelte das Laub der Bäume in seinem kalten Lichte wie Silber und schwarzes Email. Meine Alte kam zu mir ins Zimmer mit einer Kerze in der Hand, doch ein Windhauch aus dem Fenster blies die Flamme aus. Ich konnte es nicht länger aushalten; ich sprang auf, drückte mir die Mütze in die Stirne und begab mich zur alten Eiche am Waldsaume.

4.

In diese Eiche hatte einmal vor vielen Jahren der Blitz eingeschlagen; die Spitze war gebrochen und verdorrt, doch im Baume war noch Lebenskraft für mehrere Jahrhunderte erhalten. Als ich mich der Eiche näherte, zog eine leichte Wolke über den Mond, und unter den breiten Ästen des Baumes lag tiefes Dunkel. Zunächst merkte ich nichts Besonderes; als ich aber zur Seite trat, erbebte in mir das Herz: neben einem hohen Strauch, zwischen der Eiche und dem Walde, stand eine weiße Gestalt. Das Haar sträubte sich mir leicht auf dem Kopfe, ich faßte mir jedoch ein Herz und ging auf den Wald zu.

Ja, das war sie, mein nächtlicher Gast. Als ich mich ihr näherte, leuchtete der Mond wieder auf. Sie schien ganz aus einem halbdurchsichtigen milchweißen Nebel gewebt – durch ihr Gesicht hindurch konnte ich einen leise vom Winde bewegten Zweig sehen – nur ihr Haar und ihre Augen hoben sich etwas dunkler ab, und an einem Finger ihrer gefalteten Hände glänzte ein schmaler mattgoldener Reif. Ich blieb vor ihr stehen und wollte sie ansprechen; doch meine Stimme erstarb mir in der Kehle, obwohl ich eigentlich keine Furcht mehr hatte. Sie richtete ihre Augen auf mich: ihr Blick drückte weder Leid noch Freude, sondern eine eigentümliche leblose Aufmerksamkeit aus. Ich wartete, ob sie nicht etwas sagen werde, sie stand aber stumm und unbeweglich, den leblosen Blick unverwandt auf mich gerichtet. Mir wurde es wieder unheimlich zumute.

»Ich bin gekommen!« brachte ich endlich hervor.

Meine Stimme klang seltsam hohl.

»Ich liebe dich!« flüsterte sie.

»Du liebst mich?« wiederholte ich erstaunt ihre Worte.

»Gib dich mir hin!« flüsterte sie wieder.

»Mich dir hingeben! Du bist ja eine Vision, hast ja auch gar keinen Körper.« Eine seltsame Erregung bemächtigte sich meiner. »Was bist du denn, Rauch, Luft, Dunst? Mich dir hingeben? Antworte mir zuerst, wer bist du? Hast du je auf Erden gelebt? Woher bist du gekommen?«

»Gib dich mir hin. Ich werde dir nichts zuleide tun. Sag' mir bloß die drei Worte: Nimm mich hin.«

Ich blickte sie an. »Was spricht sie da?« fragte ich mich. »Was soll dies alles bedeuten? Und wie will sie mich hinnehmen? Oder soll ich es doch versuchen?«

»Nun, gut«, sagte ich so unerwartet laut, als ob mich jemand von hinten stieße. »Nimm mich hin!«

Kaum hatte ich diese Worte ausgesprochen, als die geheimnisvolle Gestalt mit einem inneren Lachen, welches ihr Gesicht für einen Augenblick erzittern machte, sich leicht vornüber neigte und mir ihre Arme langsam entgegenstreckte … Ich wollte zurückprallen, war aber bereits in ihrer Gewalt. Sie umschlang mich, mein Körper hob sich etwa eine halbe Elle hoch vom Boden, und schon schwebten wir beide leicht und nicht zu rasch über das regungslose, taufeuchte Gras dahin.

5.

Anfangs schwindelte mir der Kopf, und ich schloß unwillkürlich die Augen … Eine Minute später schlug ich sie wieder auf. Wir schwebten noch immer durch die Luft. Doch der Wald war nicht mehr zu sehen: unter uns breitete sich eine mit dunklen Flecken besäte Ebene aus. Ich merkte mit Entsetzen, daß wir uns in einer fürchterlichen Höhe befanden.

– Ich bin verloren, ich bin in der Gewalt des Satans, – ging es mir blitzartig durch den Kopf. Bis dahin war mir der Gedanke an teuflisches Blendwerk, an die Möglichkeit eines bösen Endes nicht gekommen. Wir flogen immer weiter und weiter und stiegen, wie es mir schien, immer höher und höher.

»Wohin trägst du mich?« stöhnte ich endlich.

»Wohin du willst«, antwortete meine Gefährtin. Sie schmiegte sich fest an mich; ihr Gesicht berührte beinahe das meinige. Ich spürte übrigens diese Berührung kaum.

»Bringe mich wieder auf die Erde; es schwindelt mir in solcher Höhe.«

»Gut; schließe nur die Augen und atme nicht.«

Ich folgte diesem Rat und fühlte im gleichen Augenblick, daß ich wie ein Stein fiel … der Wind pfiff durch meine Haare. Als ich wieder zu mir kam, schwebten wir fast dicht am Erdboden, so daß wir die Spitzen der hohen Grashalme streiften.

»Stell mich auf meine Beine«, sagte ich. »Ist denn das Fliegen eine Lust? Ich bin ja kein Vogel.«

»Ich dachte, es würde dich freuen. Wir tun ja nichts anderes als fliegen.«

»Ihr? Wer seid ihr denn?«

Sie gab keine Antwort.

»Du darfst es mir nicht sagen?«

Ein klagender Ton, gleich dem, der mich in der ersten Nacht aufgeschreckt hatte, klang mir in den Ohren. Indessen schwebten wir unmerklich durch die feuchte Nachtluft dahin.

»Laß mich doch!« sagte ich. Meine Gefährtin schwebte leise zur Seite, und ich stand wieder auf meinen Beinen. Sie blieb vor mir stehen und faltete wieder die Hände. Ich beruhigte mich und blickte ihr ins Gesicht: es drückte wie früher Demut und Trauer aus.

»Wo sind wir jetzt?« fragte ich, denn die Gegend kam mir unbekannt vor.

»Weit von deinem Hause, du kannst aber in einem Augenblick wieder dort sein.«

»Auf welche Weise? Soll ich mich dir wieder anvertrauen?«

»Ich habe dir ja nichts zuleide getan und werde dir auch nichts zuleide tun. Wollen wir bis zur Morgenröte fliegen, das ist alles. Ich kann dich tragen, wohin du willst, in alle Länder der Welt. Gib dich mir hin! Sag mir wieder: Nimm mich hin!«

»Nun … nimm mich hin!«

Sie schmiegte sich wieder an mich, meine Füße lösten sich vom Erdboden, und wir flogen wieder durch die Nacht.

6.

»Wohin?« fragte sie mich.

»Geradeaus, immer geradeaus.«

»Hier ist aber ein Wald.«

»Hebe dich über den Wald, doch nicht zu schnell.«

Wir schossen in die Höhe wie eine Waldschnepfe, die auf eine Birke gestoßen ist, – und flogen wieder in gerader Richtung. Die Gipfel der Bäume schwebten jetzt unter unseren Füßen wie früher die Spitzen der Grashalme. Einen seltsamen Anblick gewährte der Wald von oben herab, so eigentümlich sah sein stachliger Rücken im Mondlicht aus. Er glich einem ungeheueren, schlafenden Tier und begleitete uns mit ununterbrochenem, weit gedehnten Rauschen, das sich wie dumpfes Brummen anhörte. Ab und zu flogen wir über eine kleine Waldwiese, die schön von gezackten Schatten eingesäumt war. Zuweilen schrie unten ein Hase auf; oben pfiff ebenso klagend eine Eule; es roch nach Pilzen, Knospen und Sumpfgräsern; das Mondlicht ergoß sich kalt und hart nach allen Seiten; hoch oben über uns strahlte der große Wagen. Nun hatten wir schon den Wald hinter uns; über der Ebene schwebte ein Nebelstreif; das war ein Fluß. Wir flogen längs einem seiner Ufer, über den Büschen, die von Feuchtigkeit schwer und regungslos waren. Die Wellen auf dem Flusse schimmerten bald in blauem Glanz, bald rollten sie dunkel und gleichsam erbost dahin. Stellenweise bewegte sich über dem Wasser leichter Nebel in seltsamen Formen, – und die Kelche der Wasserlilien entfalteten ihre Blumenblätter und strahlten in ihrem jungfräulichen Weiß, als ob sie wüßten, daß sie niemand erreichen kann. Es kam mir der Wunsch, eine der Blumen zu brechen – und schon war ich dicht über der Wasserfläche … Die Feuchtigkeit schlug mir feindselig ins Gesicht, als ich den festen Stengel einer großen Blume abriß. Wir begannen über dem Flusse zu kreuzen, gleich den Rohrschnepfen, die wir im Fluge immerwährend aufscheuchten und verfolgten. Einige Male stießen wir auf kleine Familien von Wildenten, die im Kreise an einem freien Plätzchen zwischen Binsen ruhten; sie rührten sich nicht; höchstens zog eine von ihnen hastig den Hals unter den Flügeln hervor, blickte sich um und beeilte sich dann wieder den Schnabel in den weichen Flaum zu stecken, während die andere leise aufschrie und kaum wahrnehmbar am ganzen Körper erzitterte. Einmal scheuchten wir einen Reiher auf; mit den Beinen baumelnd und etwas unbeholfen die Flügel schlagend, flog er aus einem Weidenbusche auf. Nirgends regten sich Fische, – sie schliefen wohl alle. Ich begann mich an die Empfindung des Fliegens zu gewöhnen und darin sogar ein gewisses Vergnügen zu finden: jedermann, der schon im Traume geflogen ist, wird mich verstehen. Ich betrachtete mit größerer Aufmerksamkeit das geheimnisvolle Wesen, dem ich die unglaublichen Erlebnisse zu verdanken hatte.

7.

Es war eine Frau mit kleinem Kopf und einem nicht russischen Gesicht. Grauweiß, halbdurchsichtig, mit kaum wahrnehmbaren Schatten erinnerte sie mich an eine von innen erleuchtete Alabastervase, – und wieder kam sie mir so bekannt vor.

»Darf ich mit dir sprechen?« fragte ich.

»Sprich.«

»Ich sehe einen Ring an deinem Finger; du hast also einst auf der Erde gelebt, – bist wohl verheiratet gewesen?« Ich stockte … Sie gab keine Antwort.

»Sag mir wenigstens wie du heißt, oder wie du gehießen hast?«

»Nenne mich Ellis.«

»Ellis! Das klingt wie ein englischer Name! Bist du Engländerin? Hast du mich früher gekannt?«

»Nein.«

»Warum bist du denn gerade mir erschienen?«

»Ich liebe dich.«

»Bist du nun zufrieden?«

»Ja. Wir schweben und kreisen beide durch die reine Luft.«

»Ellis!« sagte ich plötzlich. »Bist du vielleicht die verdammte Seele einer Sünderin?«

Meine Gefährtin neigte den Kopf. »Ich verstehe dich nicht«, flüsterte sie.

»Ich beschwöre dich bei dem Namen Gottes …« fing ich wieder an.

»Was sprichst du da?« sagte sie verwundert. »Ich verstehe das nicht.« Es war mir, als ob der Arm, der wie ein kühler Gürtel meine Hüften umschlang, leise erzitterte …

»Fürchte dich nicht«, sagte Ellis. »Fürchte dich nicht, Geliebter!« Sie wandte sich zu mir und näherte ihr Gesicht dem meinigen … Ich fühlte auf meinen Lippen eine eigentümliche Berührung wie von einem feinen und weichen Stachel … So berührt einen ein nicht allzu blutdürstiger Blutegel.

8.

Ich sah hinab. Wir hatten uns inzwischen wieder zu einer beträchtlichen Höhe erhoben. Wir flogen gerade über eine mir unbekannte Provinzstadt, die am Abhang eines breiten Hügels lag. Aus der dunklen Masse der Schindeldächer und Obstgärten ragten Kirchtürme empor; eine lange Brücke dunkelte an einer Biegung des Flusses; alles lag in tiefem Schlummer. Selbst die Kuppeln und Kreuze schimmerten so eigentümlich stumm und träge; stumm ragten die hohen Stangen der Ziehbrunnen neben den runden Kuppen der Weidenbüsche; eine weiße Landstraße schoß wie ein feiner Pfeil in die Stadt hinein und kam am anderen Ende in der dämmernden Ferne wieder heraus.

»Was ist das für eine Stadt?« fragte ich.

»Es ist N.«

»N. im N–schen Gouvernement?«

»Ja.«

»So weit bin ich also von meinem Hause?«

»Für uns gibt es keine Entfernung.«

»Wirklich?« Eine plötzliche Kühnheit erwachte in mir. »So bringe mich nach Südamerika!«

»Nach Amerika kann ich nicht. Dort ist jetzt Tag.«

»Wir sind also Nachtvögel. Nun trage mich irgendwohin, nur recht weit von hier.«

»Schließe die Augen und atme nicht«, sagte Ellis, und wir flogen dahin schnell wie der Sturm. Die Luft drang mir mit erschütterndem Rauschen in die Ohren.

Wir hielten an, das Rauschen hörte aber nicht auf. Im Gegenteil: es verwandelte sich in ein drohendes Brüllen und Donnergetöse …

»Jetzt kannst du die Augen öffnen«, sagte Ellis.

9.

Ich gehorchte … Mein Gott, wo bin ich?

Über mir hängen schwere graue Wolken; sie drängen sich zusammen und rennen wie eine Herde böser Ungeheuer … doch dort, tief unten tobt ein anderes Ungeheuer: das wütende, wirklich wütende Meer … Der weiße Schaum zuckt und blitzt und kocht und häuft sich zu Hügeln, und das Meer wirft ungeheure Wellen empor, die mit rohem Getöse gegen einen riesigen, pechschwarzen Felsen schlagen. Im Heulen des Sturmes, im eisigen Hauch des gähnenden Abgrundes, im schweren Brausen der Brandung, aus welcher ich bald klagendes Heulen, bald fernen Kanonendonner und bald Glockenläuten höre, im lauten Knirschen der am Ufer angehäuften Kieselsteine, im plötzlichen Aufschrei einer unsichtbaren Möwe, im schwankenden Gerippe eines Schiffes, das sich schwach am grauen Horizont abhebt, – in allen Dingen ist der Tod, Tod und Grauen … Der Kopf schwindelt mir, und ich schließe wieder bebend die Augen …

»Was ist das? Wo sind wir?«

»Am Südufer der Insel Wight, vor dem Felsen Blackgany, wo so oft die Schiffe zerschellen«, sagte Ellis, diesmal besonders laut und deutlich und, wie mir schien, nicht ohne Schadenfreude …

»Trage mich fort von hier … nach Hause! Nach Hause!«

Ich krümmte mich ganz zusammen und preßte mein Gesicht in die Hände … Ich fühlte, daß wir noch rascher flogen; der Wind heulte und pfiff nicht mehr, – er winselte förmlich in meinem Haar und in meiner Kleidung … Mir verging der Atem …

»Stell dich doch auf die Füße«, rief ihre Stimme.

Ich gab mir Mühe, mich zu beherrschen, meine Besinnung wieder zu gewinnen … Ich spürte unter meinen Sohlen die Erde und hörte nichts, als ob rund umher alles erstorben wäre … nur in den Schläfen pochte mir noch das Blut, und in meinem Kopfe sauste es … mir schwindelte. Ich richtete mich auf und sah mich um.

10.

Wir befanden uns auf dem Damme meines Teiches. Ich sah gerade vor mir, durch die spitzigen Blätter der Weidenbüsche hindurch, die breite Wasserfläche, auf der hie und da noch einzelne flaumige Nebel-fetzen lagen. Rechts lag im matten Glanz das Kornfeld; links erhoben sich die schlanken, unbeweglichen und noch feuchten Bäume meines Gartens … Der Morgen hatte sie bereits mit seinem Atem berührt. Am reinen grauen Himmel zogen sich gleich Rauchstreifen einige schräge Wölkchen hin; im ersten schwachen Widerscheine des Morgen-rots, der Gott weiß von wo auf sie fiel, schienen sie gelblich: das Auge konnte am weißen Horizonte noch nirgends die Stelle entdecken, wo die Sonne aufgehen sollte. Die Sterne erloschen einer nach dem andern; nichts regte sich noch, obgleich in der zauberhaften Stille des Morgens alles Leben zu erwachen begann.

»Der Morgen! Es ist der Morgen!« rief mir Ellis dicht ins Ohr. »Lebe wohl! Bis morgen!«

Ich wandte mich um … Sie hob sich leicht von der Erde empor, schwebte an mir vorüber – und plötzlich hob sie beide Arme über den Kopf. Dieser Kopf, diese Arme und Schultern nahmen augenblicklich einen warmen rosigen Ton an; in den dunklen Augen sprühten leben-dige Funken; ein Lächeln geheimer Wonne bewegte die rot gewordenen Lippen … Vor mir war plötzlich ein reizendes Weib erstanden … Doch im gleichen Augenblick sank sie, wie in Ohnmacht fallend, zurück und zerfloß wie Dunst.

Ich stand regungslos da.

Als ich zur Besinnung kam und um mich blickte, war es mir, als ob der rosige Ton, in dem soeben das Gesicht meiner Vision erglühte, noch immer nicht verschwunden sei, sondern die ganze Luft erfülle und mich von allen Seiten umgebe … Das war das Morgenrot. Plötzlich fühlte ich mich ungewöhnlich matt; ich begab mich nach Hause. Als ich am Geflügelhof vorbeiging, hörte ich das erste Morgengeschnatter der jungen Gänse (sie werden vor jedem anderen Geflügel wach); längs des Daches saßen viele Dohlen, die sich geschäftig und stumm putzten; sie hoben sich scharf vom milchweißen Himmel ab. Zuweilen flogen sie alle zugleich auf und setzten sich nach kurzem Fluge wieder eine neben der anderen ohne Geschrei auf das Dach … Aus dem nahen Wäldchen ließ sich zweimal der erste heisere Morgenschrei des Auerhahnes vernehmen, der eben in das taufeuchte, von Beeren durchwachsene Gras herabgeflogen war … Mit leisem Beben in allen Gliedern erreichte ich mein Bett und versank sofort in tiefen Schlaf.

11.

Als ich mich in der nächsten Nacht der alten Eiche näherte, schwebte mir Ellis wie einem Bekannten entgegen. Ich fürchtete sie nicht mehr, war über ihr Erscheinen beinahe erfreut; ich versuchte nicht einmal darüber nachzudenken, was mit mir vorging; ich hatte nur den einen Wunsch, irgendwohin, recht weit, nach merkwürdigen Orten, zu fliegen.

Ellis umschlang mich wieder mit ihrem Arm, und wir flogen wieder dahin …

»Wollen wir doch nach Italien fliegen«, flüsterte ich ihr ins Ohr.

»Wohin du willst, Geliebter«, antwortete sie feierlich und ruhig; ruhig und feierlich wandte sie mir ihr Gesicht zu. Es erschien mir etwas weniger durchsichtig als gestern, frauenhafter und ernster; es erinnerte mich an jenes herrliche Wesen, das mir beim Morgenrot entschwebt war.

»Diese Nacht ist eine große Nacht«, sagte Ellis. »Sie kommt sehr selten, nur wenn siebenmal dreizehn …«

Hier entgingen mir einige Worte.

»In dieser Nacht kann man Dinge sehen, die in den anderen Nächten verborgen sind.«

»Ellis!« flehte ich sie an, »wer bist du denn? Sage es mir endlich!«

Sie hob schweigend ihren schlanken weißen Arm.

Am dunklen Himmel, dort, wohin ihr Finger wies, strahlte zwischen kleineren Sternen ein Komet mit rötlichem Schweif.

»Wie soll ich dich verstehen?« begann ich. »Oder ziehst du – wie dieser Komet zwischen den Planeten und Sonnen zieht, zwischen den Menschen ... und *wem*?«

Doch sogleich legte sich Ellis' Hand auf meine Augen ... Es war mir, als ob mich ein weißer Nebel aus feuchtem Tal umfinge ...

»Nach Italien! Nach Italien!« flüsterte sie. »Diese Nacht ist eine große Nacht!«

12.

Der Nebel vor meinen Augen verzog sich, und ich erblickte tief unter mir eine unendliche Ebene. Schon an der warmen und milden Luft, die meine Wangen streifte, konnte ich erkennen, daß ich mich nicht in Rußland befand; auch glich die Ebene gar nicht unseren russischen Ebenen. Es war eine große dunkle Fläche, so viel ich erkennen konnte, vollkommen nackt und öde; hie und da glänzten wie kleine Spiegelscherben stehende Gewässer; in der Ferne konnte ich schwach die Umrisse eines unhörbaren und unbeweglichen Meeres sehen. Zwischen breiten schöngeformten Wolken strahlten große Sterne; ein tausendstimmiges, unaufhörliches und dabei doch nicht lautes Trillern erscholl von allen Richtungen – wunderbar war dieses durchdringende und zugleich verschlafene Singen, diese nächtliche Stimme der Wüste ...

»Die Pontinischen Sümpfe«, sagte Ellis. »Hörst du die Frösche? Spürst du den Schwefelgeruch?«

»Die Pontinischen Sümpfe ...« wiederholte ich, und sofort war ich im Banne dieser majestätischen und schwermütigen Stimmung. »Doch warum hast du mich in dieses traurige verlassene Land gebracht? Bringe mich lieber nach Rom.«

»Rom ist nahe«, antwortete Ellis, »mache dich bereit!«

Wir ließen uns etwas tiefer herab und flogen die alte Römerstraße entlang. Ein Büffel erhob langsam seinen großen zottigen Kopf mit den kurzen Borsten zwischen den zurückgebogenen Hörnern aus dem

Morast. Er schielte mit seinen stumpfsinnig bösen Augen und schnaubte schwer mit den feuchten Nüstern, als ob er uns witterte.

»Rom ist nahe«, flüsterte Ellis. »Schau vorwärts, vorwärts …«

Ich erhob die Augen.

Was ist das Schwarze dort am nächtlichen Horizonte? Sind das die hohen Bogen einer kolossalen Brücke? Über welchen Strom wölbt sie sich? Warum ist sie stellenweise durchbrochen? Nein, es ist keine Brücke, es ist ein alter Aquädukt. Rings ist der geheiligte Boden der Campagna, und dort in der Ferne ragen die Berge von Albano, und ihre Gipfel und der graue Rücken des alten Aquädukts schimmern schwach in den Strahlen des aufgehenden Mondes …

Wir schossen plötzlich in die Höhe und hielten in der Luft über einer einsamen Ruine. Niemand hätte sagen können, was sie früher einmal gewesen war: ein Grabmal, ein Palast, ein Turm … Dunkler Efeu umrankte sie von allen Seiten mit seiner erstickenden Gewalt, und unten gähnte wie ein gigantischer Rachen ein halbeingestürztes Gewölbe. Schwerer Kellergeruch wehte mir aus diesem Haufen kleiner, dicht aneinander gefügter Steine entgegen, von denen schon längst die Granitbekleidung abgefallen war.

»Hier«, sagte Ellis und erhob die Hand. »Hier! Sprich laut, dreimal hintereinander den Namen eines großen Römers aus.«

»Und was wird geschehen?«

»Du wirst es sehen.«

Ich dachte nach. »Divus Cajus Julius Caesar!« rief ich plötzlich. »Divus Cajus Julius Caesar!« wiederholte ich gedehnt: – »Caesar!«

13.

Der letzte Widerhall meiner Worte war noch nicht verstummt, als ich plötzlich hörte …

Es fällt mir schwer zu sagen, was ich hörte. Anfangs war es ein undeutliches, kaum wahrnehmbares, doch unaufhörlich sich wiederholendes Trompetengeschmetter und Händeklatschen. Es war, als ob irgendwo in weiter Ferne, in einem Abgrund eine zahllose Menschenmenge wogte – sie war in Aufruhr, sie wuchs an, und ihre Rufe klangen kaum hörbar, wie im Traume, wie aus tiefem, bedrückendem, tausendjährigem Schlafe. Die Luft über der Ruine begann sich zu regen und dunkler zu werden … Ich glaubte Schatten zu sehen, Myriaden Schatten,

Millionen Umrisse, hier abgerundet wie Helme, dort zugespitzt wie Speere; auf allen diesen Helmen und Speeren sprühten im Mondlichte blaue Funken, – und die ganze Armee, die ganze Masse rückte immer näher und näher heran, immer anwachsend und wie ein Meer tobend … Eine unsagbare Spannung, eine Spannung, stark genug, um die ganze Welt aus den Fugen zu heben, schien diese Menge vorwärts zu treiben, und keine einzige Gestalt trat einzeln hervor … Und plötzlich war es mir, als ob durch die Menge ein Beben ginge, als ob ungeheuere Wogen zurückprallten und sich zerteilten … »Caesar, Caesar venit!« rauschten die Stimmen, gleich den Blättern des Waldes, in den ein plötzlicher Sturm gefahren ist … Ein dumpfer Donnerschlag, – und ein bleiches, ernstes lorbeerbekränztes Haupt mit gesenkten Lidern, das Haupt des Imperators kam langsam hinter der Ruine zum Vorschein …

In der Sprache des Menschen gibt es keine Worte, mit denen ich mein Entsetzen ausdrücken könnte. Es war mir, als ob ich auf der Stelle sterben müßte, wenn dieses Haupt die Augen aufschlüge und die Lippen öffnete. – »Ellis!« stöhnte ich, »ich will nicht, ich kann nicht, ich mag nicht dieses rohe, drohende Rom … Fort, fort von hier!«

»Kleinmütiger!« flüsterte sie, und wir flogen weg. Ich hörte hinter mir noch einen ehernen, donnernden Aufschrei der Legionen … dann wurde alles dunkel.

14.

»Sieh dich um«, sagte Ellis, »und beruhige dich.«

Ich gehorchte. Der erste Eindruck war, wie ich mich noch gut erinnere, so süß und angenehm, daß ich nur aufseufzen konnte. Etwas Durchsichtig-Blaues, etwas Silbriges – es war kein Licht und auch kein Nebel – umfloß mich von allen Seiten. Zuerst konnte ich nichts unterscheiden: mich blendete dieses blaue Glänzen; – aber allmählich traten die Umrisse schöner Berge und Wälder hervor; vor mir lag ein See, in seiner Tiefe zitterten Sterne, lieblich plätscherten seine Wellen. Ein Strom von Orangenduft schlug mir entgegen, – und mit ihm zugleich kamen starke reine Töne einer jugendlichen weiblichen Stimme. Dieser Duft, diese Töne zogen mich förmlich hinab – und ich begann mich sinken zu lassen … zu einem prunkvollen Marmorpalast hinab, der mir freundlich aus einem Zypressenhain entgegenschimmerte. Die

Töne kamen aus den weit geöffneten Fenstern; die Wellen des Sees, der mit Blütenstaub besät war, plätscherten an die Marmormauern – und gerade gegenüber erhob sich aus dem Schoße des Wassers eine hohe runde Insel, ganz bekleidet mit dunklen Pomeranzen und Lorbeeren, ganz übergossen mit monddurchwebtem leuchtendem Nebel, ganz übersät mit Bildwerken, schlanken Säulen und Tempelhallen …

»Isola Bella!« sagte Ellis. »Lago Maggiore …«

Ich sagte nur »Ah!« und sank weiter hinab. Die weibliche Stimme klang immer lauter, immer heller; es zog mich unaufhaltsam zu ihr hin … ich wollte der Sängerin, die mit solchen Tönen eine solche Nacht erfüllte, ins Gesicht schauen. Wir hielten vor einem der Fenster.

In einem Zimmer, welches im pompejanischen Geschmack ausgestattet war und mehr einer antiken Tempelhalle als einem modernen Salon glich, umgeben von griechischen Bildwerken, etruskischen Vasen, seltenen Pflanzen, kostbaren Stoffen, übergossen mit dem milden Lichte zweier Lampen in kristallenen Kugeln, – saß am Klavier eine junge Frau. Den Kopf leicht in den Nacken geworfen, die Augen halb geschlossen, sang sie eine italienische Arie; sie sang und lächelte, und doch drückten ihre Züge dabei Ernst und sogar Strenge aus … das Kennzeichen vollkommenen Genießens! Sie lächelte, – und der Faun des Praxiteles, ebenso jugendlich und träge wie sie, ebenso verzärtelt und wollüstig wie sie, lächelte ihr hinter den Oleandern in der Ecke zu, durch den leichten Rauch, der sich aus einem bronzenen Räucherbecken auf antikem Dreifuße erhob. Die Schöne war allein im Zimmer. Von den Tönen, von der Schönheit, dem Glanze und dem Duft dieser Nacht berauscht, vom Anblick dieses jungen, hellen, strahlenden Glückes aufs tiefste erschüttert, vergaß ich gänzlich meine Gefährtin, vergaß, auf welche seltsame Weise ich Zeuge eines so weit entfernten, eines mir so fremden Lebens geworden war – und ich wollte schon an das Fenster treten, wollte sie anreden …

Mein ganzer Körper erzitterte von einem heftigen Schlag, – als ob ich eine Leidnerflasche berührt hätte. Ich blickte zurück … Ellis' Gesicht war – bei all seiner Durchsichtigkeit – finster und drohend; in ihren plötzlich aufgerissenen Augen brannte der Zorn …

»Fort!« flüsterte sie mir wütend zu, und wieder erfaßten mich Sturm, Finsternis und Schwindel … Diesmal blieb mir aber nicht der Aufschrei der Legionen, sondern die Stimme der Sängerin, die auf einer hohen Note abgebrochen war, in den Ohren zurück …

Wir hielten. Die hohe Note, immer die gleiche Note, klang noch immer fort und wollte nicht verstummen, obwohl ich eine ganz andere Luft atmete, einen ganz ganz anderen Geruch spürte … Stärkende Frische, wie von einem großen Strome kommend, der Geruch von Heu, Rauch, Hanf wehte mir entgegen. Dem ersten langgedehnten Tone folgte ein zweiter, dann ein dritter; die ganze Manier war aber so unzweideutig, kam mir so bekannt und vertraut vor, daß ich mir sofort sagte: »Das ist ein Russe, der ein russisches Lied singt«, – und im gleichen Augenblick wurde mir alles klar.

15.

Wir befanden uns über einem flachen Ufer. Links zogen sich ohne Ende gemähte Wiesen hin, mit riesengroßen Heuschobern; rechts breitete sich ebenso endlos der glatte Spiegel eines mächtigen, wasserreichen Stromes aus. Nahe am Ufer wiegten sich dunkle verankerte Barken leise hin und her, und die Spitzen ihrer Maste bewegten sich wie Zeigefinger. Aus einer dieser Barken schlugen die Töne einer klangvollen Stimme an mein Ohr; auf der gleichen Barke brannte ein Feuer, und sein langer rötlicher Widerschein zitterte und schwankte im Wasser. Hie und da, auf dem Wasser wie auf dem Felde, – man konnte nicht erkennen, ob nah oder fern, – flimmerten noch andere kleine Feuer, bald verschwindend, bald als strahlende große Sterne aufleuchtend; zahllose Grillen zirpten unaufhörlich, nicht weniger durchdringend als die Frösche in den Pontinischen Sümpfen; unter dem wolkenlosen, doch dunklen und tief herunterhängenden Himmel schrien unsichtbare Vögel.

»Sind wir in Rußland?« fragte ich Ellis.

»Das ist die Wolga«, antwortete sie.

Wir flogen längs einem der Ufer dahin. – »Warum hast du mich von jener herrlichen Gegend losgerissen?« hub ich an. »Bist du etwa neidisch geworden? Oder ist in dir die Eifersucht erwacht?«

Ellis' Lippen bebten kaum merklich, und in ihren Augen blitzte es wieder drohend auf … doch gleich darauf erstarrte ihr Gesicht wieder.

»Ich will nach Hause«, sagte ich.

»Warte noch, warte«, entgegnete Ellis. »Diese Nacht ist eine große Nacht. Sie kehrt so bald nicht wieder. Du kannst Zeuge sein … Warte.«

Wir flogen plötzlich schräg über die Wolga, dicht am Wasser, so niedrig und stoßweise wie die Schwalben vor dem Sturm. Mächtige Wellen rollten schwer unter uns, scharfer Wind schlug uns mit seinem starken kalten Flügel … Bald erhob sich im Halbdunkel das hohe rechte Ufer. Es zeigten sich steile Berge mit tiefen Klüften. Wir flogen auf sie zu.

»Rufe: Ssaryn na Kitschku!«[1]

Ich gedachte des Entsetzens, welches ich beim Erscheinen der römischen Legionen empfunden hatte, ich fühlte eine Müdigkeit und eine seltsame Wehmut, mir war, als schmelze mir das Herz in der Brust, – ich wollte die verhängnisvollen Worte nicht aussprechen, ich wußte vorher, daß als Antwort auf meinen Ruf ein schreckliches Gesicht, wie in der Wolfsschlucht des »Freischütz«, erscheinen werde, – doch meine Lippen öffneten sich gegen meinen Willen, und ich rief mit schwacher, gespannter Stimme:

»Ssaryn na Kitschku!«

16.

Anfangs blieb alles still, gerade wie damals vor der römischen Ruine; doch plötzlich erklang dicht an meinem Ohr ein rohes Lachen, – etwas fiel mit einem Aufschrei ins Wasser und begann zu glucksen … Ich blickte mich um: weit und breit war niemand zu sehen, – doch vom Ufer hallte lautes Echo zurück, und zugleich erhob sich von allen Seiten ein betäubender Lärm. Was es nicht alles in diesem Chaos von Tönen gab! – Schreien und Winseln, wütendes Fluchen und Lachen, – das Lachen klang am lautesten, – Ruderschläge und Axthiebe, ein Krachen wie von aufgebrochenen Türen und Truhen, Knarren von Takelwerk und Rädern, Pferdegetrabe, Sturmläuten und Kettengerassel, das dumpfe Tosen einer Feuersbrunst, trunkene Lieder und wirre rohe Reden, untröstliches Weinen, klagendes, verzweifeltes Flehen, – gebieterische Rufe, Todesröcheln und keckes Pfeifen, Kreischen und Stampfen von Tanzenden. »Haut zu! Hängt sie! Ersäuft sie! Schlachtet sie ab! So ist's recht! So recht! Keinen Pardon!« – Ich hörte es ganz deutlich, – ich hörte sogar das schwere Keuchen atemloser Menschen, – und doch war ringsum, soweit das Auge reichte, nichts zu sehen,

1 »Marsch aufs Verdeck!« = Kommandoruf der alten Wolgapiraten.

alles blieb unverändert: der Strom rollte geheimnisvoll, beinahe mürrisch an uns vorüber; das Ufer selbst erschien noch öder, noch wilder als zuvor – das war alles.

Ich wandte mich um zu Ellis, sie legte jedoch den Finger an die Lippen …

»Stepan Timofeïtsch![1] Stepan Timofeïtsch kommt!« tönte es ringsum, »da kommt unser Väterchen, unser Hauptmann, unser Ernährer!« Ich sah noch immer nichts, doch plötzlich war es mir, als ob ein mächtiger Körper sich gerade auf mich zu bewege … – »Frolka! Wo bist du, Hund?« dröhnte eine schreckliche Stimme. – »Zünde an von allen Seiten – und hau' mit der Axt auf sie los, auf die vornehmen Herren!«

Die Glut einer nahen Flamme berührte mich beinahe, bitterer Brandgeruch schlug mir entgegen, und im gleichen Augenblick spritzte mir etwas Warmes, wie Blut, auf Hände und Gesicht … Ein wildes Gelächter erscholl ringsum.

Ich verlor die Besinnung; als ich wieder zu mir kam, schwebten wir, Ellis und ich, leise den bekannten Saum meines Waldes entlang, gerade auf die alte Eiche zu …

»Siehst du den schmalen Weg?« fragte Ellis: »Dort, wo das Mondlicht so matt leuchtet, wo die beiden jungen Birken ihre Zweige herabhängen lassen? … Willst du dahin?«

Ich fühlte mich aber entsetzlich zerschlagen und erschöpft und sagte nur: »Nach Hause … Nach Hause …«

»Du bist zu Hause«, antwortete Ellis.

Ich stand auch wirklich vor der Türe meines Hauses, – allein, Ellis war verschwunden. Der Hofhund kam auf mich zu, betrachtete mich mißtrauisch, – und lief heulend fort.

Mit Mühe schleppte ich mich zu meinem Bett und schlief sofort, angekleidet wie ich war, ein.

---

1 Der berühmte Räuber und Rebell *Stenjka Rasin*, der um die Mitte des XVII. Jahrhunderts das ganze Wolgagebiet verwüstete. Held zahlreicher Volkslieder.

17.

Den ganzen folgenden Morgen hatte ich Kopfweh und konnte mich kaum bewegen; ich achtete aber wenig auf meinen körperlichen Zustand, denn an mir nagte Reue, ich erstickte vor Ärger.

Ich war mit mir äußerst unzufrieden. – Kleinmütiger! – wiederholte ich unaufhörlich: – ja, Ellis hatte recht. Warum fürchtete ich mich? Wie konnte ich mir eine solche Gelegenheit entgehen lassen? … Ich hätte ja Caesar selbst sehen können, doch ich erstarb vor Schreck, ich kreischte und scheute zurück, wie ein Kind vor der Rute. Nun, der Räuberhauptmann Rasin ist allerdings etwas anderes. Als Edelmann und Grundbesitzer mußte ich … Aber warum habe ich auch in diesem Falle Furcht bekommen? Kleinmütiger, Kleinmütiger! … –

– Habe ich vielleicht doch alles nur im Traume gesehen? – fragte ich mich schließlich. Ich rief meine Haushälterin herbei.

»Marfa, um welche Stunde bin ich gestern abend zu Bett gegangen? Kannst du dich noch daran erinnern?«

»Ja, das mußt du selbst wissen, mein Wohltäter … Es wird wohl spät gewesen sein. In der Dämmerung bist du aus dem Hause gegangen und hast noch spät nach Mitternacht in deinem Schlafzimmer mit den Absätzen getrampelt. Es wird sogar gegen Morgen gewesen sein, als ich dich habe herumgehen hören, ja … Auch vorgestern war dasselbe. Hast wohl einen Kummer, der dich drückt …«

– He, he – dachte ich. – Das Fliegen unterliegt also keinem Zweifel. – »Nun, und wie sehe ich heute aus?« fügte ich mit lauter Stimme hinzu.

»Wie du aussiehst? Laß dich mal anschauen. Etwas heruntergekommen. Und auch bleich bist du, mein Wohltäter: kein einziger Blutstropfen im Gesicht.«

Ich schauderte leicht zusammen … Ich schickte Marfa fort.

– Auf diese Weise kann ich mir noch den Tod holen, oder wahnsinnig werden, – sagte ich zu mir selbst, am Fenster stehend. – Ich muß damit ein Ende machen. Das ist gefährlich. Auch das Herz pocht mir heute so eigentümlich. Und während ich fliege, habe ich immer das Gefühl, als ob mir jemand am Herzen sauge, oder als ob aus ihm etwas heraussickere – ganz so wie im Frühling der Saft aus der Birke sickert, wenn man mit einer Axt hineinstich. Und doch ist es schade. Auch Ellis ist so eigentümlich … Sie spielt mit mir wie die Katze mit der

Maus … übrigens wird sie wohl kaum böse Absichten haben. Ich will mich ihr noch zum letzten Male hingeben, will mich noch einmal satt sehen, – und dann … Doch wenn sie mir das Blut aussaugt? Das wäre schrecklich! … Auch kann eine so rasche Fortbewegung nicht unschädlich sein; man sagt, daß es in England auf den Eisenbahnen verboten sei, mehr als 120 Werst in der Stunde zu fahren … –

So sprach ich mit mir selbst, – doch gegen zehn Uhr abends stand ich wieder vor der alten Eiche.

18.

Die Nacht war kalt, trüb und grau; in der Luft roch es nach Regen. Zu meinem Erstaunen traf ich niemand bei der Eiche; ich ging einige Male um den Baum herum, kam bis an den Saum des Waldes, kehrte wieder zurück und blickte gespannt in die Finsternis … Niemand kam. Ich wartete eine Weile und rief dann einige Male Ellis, immer lauter und lauter … sie kam aber nicht … Ich empfand Trauer, sogar Schmerz; meine Befürchtungen von vorhin waren verschwunden: ich konnte mich nicht mit dem Gedanken vertraut machen, daß meine Gefährtin nie mehr wiederkehren werde.

»Ellis! Ellis! So komm doch! Wirst du denn nicht kommen?« rief ich zum letzten Male aus.

Ein Rabe, den meine Stimme aus dem Schlafe geweckt hatte, begann sich im Wipfel eines nahen Baumes zu rühren; er verwickelte sich in den Zweigen und schlug die Flügel … Ellis zeigte sich nicht.

Gesenkten Hauptes begab ich mich nach Hause. Vor mir dunkelten schon die Weidenbüsche auf dem Damme, und zwischen den Apfelbäumen des Gartens flimmerte das Licht in meinem Zimmer; bald leuchtete es auf, bald verschwand es, wie ein mich belauerndes Menschenauge; – und plötzlich hörte ich hinter mir ein leises Sausen der rasch durchschnittenen Luft; etwas umfing mich und hob mich empor: so packt der Falke die Wachtel. Es war Ellis. Ich fühlte ihre Wange an meiner Wange, den Ring ihres Armes an meinem Körper, und wie ein scharfer Lufthauch drang mir ins Ohr ihr Flüstern: »Da bin ich.« Ich war erschreckt und erfreut zugleich … Wir schwebten nicht hoch über der Erde.

»Du wolltest heute nicht kommen?« fragte ich.

»Und du, hast du dich nach mir gesehnt? Liebst du mich? Oh, du bist mein! …«

Die letzten Worte Ellis' machten mich etwas verwirrt … Ich wußte nicht, was ich darauf sagen sollte.

»Man hat mich zurückgehalten«, fuhr sie fort, »man hat mich bewacht.«

»Wer hat dich zurückhalten können?«

»Wohin willst du?« fragte Ellis, auf meine Frage wie gewöhnlich nicht antwortend.

»Trage mich nach Italien, zu jenem See, – weißt du noch? …«

Ellis neigte sich etwas zur Seite und schüttelte verneinend den Kopf. Da merkte ich zum ersten Male, daß sie aufgehört hatte, durchsichtig zu sein. Auch ihr Gesicht hatte eine Färbung angenommen; über das nebelige Weiß hatte sich ein rosiger Hauch ergossen. Ich blickte ihr in die Augen … und es wurde mir ganz unheimlich zumute: in diesen Augen regte sich etwas, so langsam, unaufhaltsam und unheimlich; ich mußte an eine erstarrte und zusammengerollte Schlange denken, die in den Sonnenstrahlen wieder aufzuleben beginnt.

»Ellis!« rief ich, »wer bist du? Sag' mir doch, wer du bist!«

Ellis zuckte nur die Achseln.

Ich wurde ärgerlich … ich wollte mich rächen, – da kam mir plötzlich der Gedanke, ihr zu befehlen, mich nach Paris zu tragen. – Dort wirst du schon Gelegenheit haben, eifersüchtig zu sein! – dachte ich. »Ellis!« sagte ich laut: »Fürchtest du die großen Städte nicht, zum Beispiel Paris?«

»Nein.«

»Nein? Auch solche Orte nicht, wo es so hell ist wie auf den Boulevards?«

»Das ist kein Tageslicht.«

»Sehr gut; so trage mich sofort auf den Boulevard des Italiens.«

Ellis warf mir das Ende ihres langen herabhängenden Ärmels über den Kopf. Mich umfing sofort ein eigentümlicher weißer Nebel mit einschläferndem Mohngeruch. Sofort war alles verschwunden: jedes Licht, jeder Ton und beinahe sogar das Bewußtsein. Mir blieb nur die Empfindung, daß ich noch lebe, und das war gar nicht unangenehm.

Plötzlich verschwand der Nebel; Ellis nahm mir den Ärmel vom Kopf, und ich sah unter mir einen ungeheuren Haufen dicht aneinander

gedrängter Gebäude, voller Glanz, Bewegung und Lärm … Ich sah
Paris …

19.

Ich war schon früher einige Male in Paris gewesen und erkannte daher
sogleich den Ort, wohin Ellis flog. Es war der Garten der Tuilerien,
mit seinen alten Kastanienbäumen, eisernen Gittern, seinem Festungs-
graben und den tierähnlichen Zuaven als Wachtposten. Wir flogen am
Schloß und an der Kirche St. Roch vorbei, auf deren Stufen der erste
Napoleon zum ersten Male französisches Blut vergoß, und hielten hoch
über dem Boulevard des Italiens, wo der dritte Napoleon dasselbe und
mit demselben Erfolg tat. Zahllose Menschen, junge und alte Gecken,
Blusenmänner, Frauen in prächtigen Kleidern drängten sich auf den
Trottoirs; reich mit Bronze geschmückte Restaurants und Cafés
strahlten in zahllosen Lichtern; Omnibusse, Wagen jeder Art und jeden
Aussehens rollten den Boulevard entlang; wohin der Blick fiel, überall
war dichtes Gedränge und blendendes Licht … Doch seltsamerweise
kam mir gar nicht der Wunsch, meine dunkle, reine, luftige Höhe zu
verlassen und mich diesem menschlichen Ameisenhaufen zu nähern.
Es war mir, als ob eine heiße, schwere, blutrote Dampfwolke von unten
heraufstiege, halb übelriechend, halb parfümiert: gar zu viele Leben
waren dort unten auf einen Fleck zusammengedrängt. Ich schwankte
noch … Da drang aber plötzlich, schneidend wie das Klirren von Ei-
senstangen, die kreischende Stimme einer Straßenlorette an mein Ohr;
wie eine schamlose Zunge streckte sich mir diese Stimme entgegen, sie
stach mich wie der Stachel eines ekelhaften Reptils. Sogleich stellte ich
mir das steinerne, derbknochige, gierige, flache Gesicht der Pariserin
vor, Wucheraugen, Schminke und Puder, hochfrisiertes Haar und einen
Strauß greller künstlicher Blumen unter dem spitzen Hute, sorgfältig
gepflegte Nägel wie Krallen und eine häßliche Krinoline … Ich stellte
mir auch einen von meinen Landsleuten, irgend einen Gutsbesitzer
aus dem Steppengebiet vor, wie er in ungeschickten Bocksprüngen der
feilen Puppe nachsteigt … Ich stellte mir vor, wie er, seine Konfusion
durch Roheit maskierend, sich Mühe gibt, das »R« auf französische
Manier auszusprechen und in jeder Weise die Garçons aus dem Restau-
rant Véfour zu kopieren, wie er zischelt, schwänzelt und schmeichelt
– und ein Gefühl des Ekels stieg in mir auf … – Nein, – sagte ich mir,

– hier wird Ellis wohl keine Gelegenheit finden, eifersüchtig zu sein
…

Inzwischen merkte ich, daß wir allmählich tiefer flogen … Paris kam
uns mit all seinem Lärm und Qualm entgegen …

»Halt!« wandte ich mich zu Ellis. »Wird es dir nicht zu schwül, zu
übel?«

»Du hast mich ja selbst gebeten, dich hierher zu tragen.«

»Ja, ich bin schuld, ich nehme mein Wort zurück. Trage mich bitte
fort von hier, Ellis! Richtig: da schlendert ja schon der Fürst Kulmame-
tow durch den Boulevard, und sein Freund Serge Waraksin, winkt ihm
mit der Hand und ruft: ›Iwan Stepanowitsch, allons souper, schnell,
j'ai engagé Rigolboche in eigener Person!‹ Trage mich fort, Ellis, von
diesem Mabile, diesen Maisons dorées, von den Gandins und Biches,
vom Jockey-Klub und Figaro, von den glattrasierten Soldatenschädeln
und den glattgetünchten Kasernen, von den Sergeants de Ville mit ihren
Knebelbärten, vom trüben Absinth, von den Dominospielern in den
Caféhäusern und den Spielern an der Börse, von den roten Ordensbän-
dern im Knopfloch der Röcke und im Knopfloch der Paletots, vom
Herrn de Foy, dem Erfinder der ›Spécialité de mariage‹ und von den
Gratis-Konsultationen des Dr. Charles Albert, von den liberalen Vor-
trägen und den offiziellen Broschüren, von der Pariser Komödie und
der Pariser Oper, von den Pariser Witzen und der Pariser Unbildung
… Fort, fort, fort! …«

»Blicke hinab«, entgegnete Ellis, »du bist nicht mehr über Paris.«

Ich senkte den Blick … Es stimmte. Eine dunkle Ebene, hie und da
von den weißen Linien der Landstraßen durchschnitten, flog rasch
unter mir vorbei, und nur am Horizont hinter uns glänzte noch, wie
die Röte einer mächtigen Feuersbrunst, der Widerschein der zahllosen
Lichter der Welthauptstadt Paris.

20.

Wieder waren meine Augen verhüllt … Wieder verlor ich die Besinnung. Endlich fiel die Hülle.

Was ist das dort unten? Was ist das für ein Park mit den zugestutzten
Lindenalleen, mit einzelnen wie Sonnenschirme zugeschnittenen Tan-
nen, mit Säulenhallen und Tempeln im Geschmacke Pompadour, mit
Statuen von Satyren und Nymphen aus der Schule Bernini's, mit Roko-

ko-Tritonen in der Mitte der Teiche, deren geschwungene Ufer von niedrigem Geländer aus schwarz gewordenem Marmor eingefaßt sind? Ist es nicht Versailles? Nein, Versailles ist es nicht. Ein kleines Schloß, gleichfalls im Rokoko-Stil, blickt hinter den Kuppeln krauser Eichen hervor. Der Mond ist in Nebel gehüllt und leuchtet trübe. Über die Erde zieht ein feiner Dunst; das Auge kann nicht unterscheiden, ob es Mondlicht oder Nebel ist. Hier schläft auf einem der Teiche ein Schwan; sein länglicher Rücken schimmert weiß wie der gefrorene Schnee der Steppe; und dort flimmern im bläulichen Schatten der Statuen diamantene Leuchtkäfer.

»Wir sind in der Nähe von Mannheim«, sagte Ellis, »das ist der Schwetzinger Garten.«

»Wir sind also in Deutschland!« Ich horchte auf. Alles war stumm; nur irgendwo plätscherte einsam und unsichtbar ein Springbrunnen. Er wiederholte immer ein und dasselbe Wort: »So, so, so, immer so, so.« Und plötzlich glaubte ich in einer der Alleen, genau in der Mitte zwischen den beiden Mauern beschnittenen Laubes ein Paar zu sehen: der Kavalier, in goldgesticktem Rock, Spitzenmanschetten, mit einem leichten Stahldegen an der Seite, schritt auf roten Absätzen einher und reichte geziert den Arm einer Dame mit gepuderter Frisur und buntgeblümtem Reifrock … Seltsame bleiche Gesichter … Ich will sie mir näher anschauen … Doch alles ist wieder verschwunden, und nur das Wasser plätschert wie zuvor …

»Das sind Träume, die dort umherwandeln«, flüsterte mir Ellis zu; »gestern konnte man ihrer viel mehr sehen … Heute fliehen selbst Träume das menschliche Auge. Vorwärts! Vorwärts!«

Wir stiegen höher und flogen weiter. So gleichmäßig und leicht war unser Flug, daß ich den Eindruck hatte, als ob nicht wir uns fortbewegten, sondern alles uns entgegenkäme. Dunkle, wellenförmig geschwungene, bewaldete Berge stiegen vor unseren Blicken auf und kamen immer näher … Da schweben sie schon dicht unter uns vorbei, mit allen ihren Taleinschnitten, Krümmungen, engen Wiesen, mit den Lichtpünktchen schlummernder Dörfer, die in Talgründen bei schnellen Bächen liegen; und vor uns tauchen andere Berge auf und auch sie schweben vorbei … Wir befinden uns im Herzen des Schwarzwaldes.

Immer Berge und Berge … und Wald, schöner, alter, kräftiger Wald. Der Nachthimmel ist hell: ich kann jede Baumgattung unterscheiden; am schönsten sind die Silbertannen mit ihren schlanken weißen

Stämmen. Hie und da am Waldessaume zeigen sich Rehe; sie stehen schlank und scheu auf ihren dünnen Beinen und horchen, die Köpfe anmutig zur Seite gewendet, die großen röhrenförmigen Ohren gespitzt. Die traurige und blinde Ruine eines Turmes streckt vom Gipfel eines nackten Felsens ihre halbverfallenen Zinnen aus; über den alten, vergessenen Mauern leuchtet friedlich ein goldenes Sternchen. Aus einem kleinen, fast schwarzen See erhebt sich, wie geheimnisvolle Klage, das Stöhnen kleiner Unken. Zugleich glaube ich andere Töne zu hören, langgezogene wehmütige Töne, wie die einer Äolsharfe … Da ist es also, das Land der Sagen! Der gleiche feine Mondlichtnebel, der mir in Schwetzingen aufgefallen war, liegt auch hier auf allen Dingen, und je weiter sich die Berge auftun, desto dichter wird er. Ich zähle fünf, sechs, zehn verschiedene Abstufungen der Schattenschichten an den Berghängen, und über all diese stumme Mannigfaltigkeit herrscht der stille Mond. Die Luft strömt sanft und leicht. Ich selbst fühle mich so leicht, so ruhig und zugleich traurig.

»Ellis, du liebst gewiß dieses Land?«

»Ich liebe nichts.«

»Wieso? Und mich?«

»Ja … dich!« antwortet sie gleichgültig.

Mir ist es, als ob ihr Arm mich fester als vorher umschlinge.

»Vorwärts! Vorwärts!« sagt Ellis eigentümlich begeistert und zugleich kalt.

»Vorwärts!« wiederhole ich.

21.

Starke, helle, trillernde Schreie erklangen plötzlich über uns und wiederholten sich gleich darauf etwas weiter vor uns.

»Es sind verspätete Kraniche, die zu euch nach dem Norden ziehen«, sagte Ellis, »wollen wir uns ihnen anschließen?«

»Ja, ja! Trage mich zu ihnen hinauf.«

Wir schossen in die Höhe und befanden uns im nächsten Augenblick neben dem Kranichzuge.

Große, schöne Vögel (dreizehn an der Zahl) zogen in einem Dreieck, stark und nur selten die gewölbten Flügel schwingend. Kopf und Beine straff ausgestreckt, die Brust gewölbt, flogen sie unaufhaltsam und so rasch, daß die Luft rund herum pfiff. Es war so seltsam, in einer solchen

Höhe, in einer solchen Entfernung von jedem anderen Leben dieses starke, glühende Leben, diesen unbeugsamen Willen zu sehen. Unaufhörlich den Raum besiegend und zerteilend, wechselten die Kraniche ab und zu kurze Schreie mit ihrem Gefährten an der Spitze des Zuges, und es lag etwas Stolzes und Wichtiges, etwas unerschütterlich Selbstbewußtes in diesen lauten Schreien, in dieser luftigen Unterredung. »Wir werden unser Ziel erreichen, und wenn es auch nicht so leicht ist«, riefen sie sich, gleichsam einander aufmunternd, zu. Und da fiel mir ein, daß es in Rußland – ach, was sage ich Rußland! –, in der ganzen Welt nur wenige Menschen gibt, die man mit diesen Vögeln vergleichen könnte.

»Nun fliegen wir nach Rußland«, sagte Ellis. Ich habe schon früher die Bemerkung gemacht, daß sie fast immer meine Gedanken erriet. »Willst du umkehren?«

»Umkehren? … oder nein? Ich bin schon in Paris gewesen, nun trage mich nach Petersburg.«

»Jetzt gleich?«

»Sofort … Bedecke mir aber den Kopf mit deinem Ärmel, sonst wird mir übel.«

Ellis hob den Arm … Doch bevor mich noch der Nebel umfing, spürte ich auf meinen Lippen die schnelle Berührung jenes weichen, stumpfen Stachels …

22.

»A–a–achtung!« schallte in meinen Ohren ein gedehnter Ruf. »A–a–a–achtung!« hallte es wie verzweifelt aus der Ferne zurück. »A–a–a–achtung!« erstarb es irgendwo am Ende der Welt. Ich sah hinab. Eine hohe vergoldete Spitze fiel mir in die Augen: ich erkannte die Peter-Paulsfestung.

Bleiche nordische Nacht! Ist es denn überhaupt eine Nacht? Ist es nicht eher ein bleicher kranker Tag? Ich habe die Petersburger Nächte niemals gemocht; diesmal wurde mir sogar ganz unheimlich zumute! Ellis' Gestalt verschwand vollständig, löste sich auf wie der Morgennebel in der Julisonne, und ich sah deutlich meinen Körper schwer und einsam in der Höhe der Alexandersäule in der Luft hängen. Das ist also Petersburg! Ja, das ist es wirklich. Diese breiten, öden, grauen Straßen, diese grauweißen, gelbgrauen, lilagrauen getünchten und abgebröckelten Häuser mit den eingefallenen Fenstern, grellen Ladenschildern, eisernen Wetterdächern über den Eingangstüren und den elenden Gemüseläden; diese Giebel, Aufschriften, Schilderhäuschen und Futterkasten; die goldene, an eine Kutschermütze erinnernde Kuppel der Isaakskirche; die überflüssige bunte Börse; die Granitmauern der Zitadelle und das aufgebrochene Holzpflaster; diese Barken mit Heu und Brennholz; dieser Geruch von Staub, Sauerkohl, Bast und Pferdestall; diese versteinerten Hausknechte in Schafspelzen vor den Haustoren; diese wie im Todesschlaf zusammengekrümmten Kutscher auf den schäbigen Droschken, – ja, das ist es, unser Nordisches Palmyra. Alles ist hell, alles ist unheimlich klar und deutlich zu sehen, und alles schläft einen traurigen Schlaf, sich als seltsamer Haufen in der dämmerigen, durchsichtigen Luft abzeichnend. Die Abendröte – eine schwindsüchtige Röte – ist noch nicht vergangen, und wird auch vor dem Morgen nicht vom weißen, sternlosen Himmel weichen; ihr Abglanz liegt auf der seidenschimmernden Fläche der Newa, die sich kaum bewegt und leise murmelt, ihre kalten, blauen Fluten vorwärts rollend …

»Wollen wir doch von hier fortfliegen«, flehte Ellis.

Und ohne meine Antwort abzuwarten, trug sie mich über die Newa, über den Schloßplatz nach der Litejnaja. Unten erschollen Schritte und Stimmen: über die Straße kam ein Haufen junger Männer mit abgelebten Gesichtern; sie unterhielten sich von der Tanzstunde. – »Leutnant Stolpakow, Nummer sieben!« rief plötzlich ein verschlafener Soldat, der bei einer kleinen Pyramide verrosteter Kanonenkugeln Wache stand, und etwas weiter sah ich am offenen Fenster eines großen Hauses ein Mädchen in zerknittertem Seidenkleide ohne Ärmel, mit einem Perlennetze auf den Haaren und einer Zigarette im Munde. Sie las sehr andächtig in einem Buche; es war ein Band eines unserer modernsten Juvenale.

»Wollen wir von hier fortfliegen?« sagte ich zu Ellis.

Nach einer Minute zogen unter uns schon die faulenden Tannenwäldchen und Moossümpfe, die Petersburg umgeben, vorbei. Wir flogen gerade nach dem Süden: der Himmel und die Erde und alles wurde immer dunkler. Die kranke Nacht, der kranke Tag, die kranke Stadt – alles blieb hinter uns zurück.

23.

Wir flogen langsamer als gewöhnlich, und ich konnte mit den Augen verfolgen, wie sich vor mir nach und nach, wie im Panorama, die ungeheure, grenzenlose heimatliche Ebene entrollte. Wälder, Sträucher, Felder, Gräben, Flüsse, – etwas seltener Dörfer, Kirchen, und dann wieder Felder und Wälder, Sträucher und Gräben … Mir wurde es traurig zumute, und zugleich empfand ich Gleichgültigkeit und Langeweile. Und dieses Gefühl kam nicht etwa daher, weil es gerade Rußland war, über das ich flog. Nein! Die Erde selbst, diese flache Ebene, die sich unter mir ausbreitete; der ganze Erdball mit seiner vergänglichen, siechen, von Not, Kummer und Krankheiten gedrückten, an die Scholle elenden Staubes geketteten Bevölkerung; diese zerbrechliche, rauhe Kruste, in die der winzige Feuerkern unseres Planeten eingeschlossen ist, mit ihrem Schimmel, den wir hochtrabend Tier- und Pflanzenreich nennen; diese Menschen, winzig wie Fliegen, doch tausendmal nichtiger als die wirklichen Fliegen; ihre aus Kot zusammengeklebten Wohnungen, die verschwindenden Spuren ihres kleinlichen, eintönigen Treibens, ihres lächerlichen Kampfes gegen das Unabwendbare und Unabänderliche, – wie widerte mich das alles plötzlich an! Das Herz drehte sich mir im Leibe um, und mir verging jede Lust, noch länger auf diese nichtssagenden Bilder, auf diese abgeschmackte Ausstellung zu gaffen … Ja, es wurde mir langweilig zumute, ärger als langweilig. Ich empfand nicht einmal Mitleid mit meinen Mitmenschen: alle meine Gefühle waren in einem Gefühl untergegangen, welches ich kaum zu nennen wage: im Ekelgefühl, das ich am stärksten – vor mir selbst empfand.

»So hör' doch auf«, flüsterte mir Ellis zu, »hör' doch auf, sonst kann ich dich nicht tragen. Du wirst zu schwer.«

»Nach Hause«, sagte ich ihr mit derselben Stimme, mit welcher ich meinem Kutscher zu befehlen pflegte, wenn ich mich gegen vier Uhr morgens von meinen Moskauer Freunden trennte, mit denen ich seit Mittag über Rußlands Zukunft und die Bedeutung der Dorfgemeinde disputiert hatte. »Nach Hause«, wiederholte ich und schloß die Augen.

24.

Ich schlug sie aber bald wieder auf. Ellis schmiegte sich so sonderbar an mich und stieß mich beinahe. Ich sah sie an, und das Blut erstarrte in meinen Adern. Wer jemals auf einem fremden Gesichte den plötzlichen Ausdruck tiefen Grauens, dessen Grund er gar nicht ahnt, wahrgenommen hat, – der wird mich begreifen. Die bleichen, beinahe verwischten Züge Ellis' waren von Grauen, einem qualvollen Grauen verzerrt und entstellt. Niemals hatte ich Ähnliches selbst auf einem lebenden Menschengesichte gesehen. Ein lebloses Nebelgebilde, ein Schatten … und diese entsetzliche Angst …

»Ellis, was hast du?« fragte ich endlich.

»Er … Er …« brachte sie mit großer Mühe hervor, »Er!«

»Er? Wer ist Er?«

»Nenne ihn nicht, nenne ihn nicht«, stammelte hastig Ellis. »Wir müssen fliehen, sonst ist alles zu Ende, – und für immer zu Ende … Sieh nur hin, dort!«

Ich wandte den Kopf nach der Seite, wohin mir ihre zitternde Hand wies, und ich sah etwas … etwas, was wirklich grauenhaft war.

Dieses Etwas war umso schrecklicher, als es keine bestimmte Gestalt hatte. Etwas Schwerfälliges, Finsteres, Gelblich-Schwarzes, Geflecktes wie der Bauch einer Eidechse, weder Wolke noch Rauch, wand sich und kroch langsam wie eine Schlange über der Erde. In dieser Bewegung war ein gleichmäßiges, breites Schaukeln von oben nach unten und von unten nach oben, gleich dem unheildrohenden Flügelschlagen eines Raubvogels, der nach Beute ausspäht; ab und zu drückte es sich mit unbeschreiblich widriger Gebärde an die Erde, – mit ähnlicher Gebärde fällt die Spinne über die gefangene Fliege her … Wer bist du, wer bist du, du gräßliche Masse? Unter ihrem Einfluß wurde, ich fühlte es, alles vernichtet, verstummte alles … Der Masse entströmte eine faule, pestilenzialische Kälte, und von dieser Kälte übelte es mir, es wurde mir finster vor den Augen, und meine Haare sträubten sich. Es war der Anmarsch einer Kraft; jener Kraft, gegen die es keinen Widerstand gibt, der alles untertan ist, welche selbst weder Gesicht, noch Gestalt, noch Sinn hat, doch alles sieht, alles weiß, sich ihre Opfer wie ein Raubvogel auswählt, wie eine Schlange sie erdrückt und mit ihrem frostigen Stachel beleckt …

»Ellis! Ellis!« rief ich wie wahnsinnig. »Es ist der Tod! Der Tod selbst!«

Ein klagender Ton, den ich schon früher gehört hatte, drang wieder aus Ellis' Munde, – diesmal glich er aber eher einem menschlichen, verzweifelten Aufschrei, – und wir flogen dahin. Doch unser Flug war seltsam und grauenhaft ungleich; Ellis überschlug sich in der Luft, stürzte, flog im Zickzack wie das Rebhuhn, das tödlich verwundet ist oder den Hund von seinen Jungen abzubringen sucht. Indessen hatten sich von jener unbeschreiblich grauenhaften Masse lange wellenförmige Glieder abgelöst, und sie streckten sich uns entgegen wie Arme, wie Krallen … Die riesige Gestalt eines verhüllten Reiters auf fahlem Rosse erschien und schwang sich im gleichen Augenblick hoch in den Himmel hinauf … Noch unruhiger, noch verzweifelter warf sich Ellis hin und her. »Er hat mich gesehen! Alles ist zu Ende! Ich bin verloren! …« ließ sich ihr hastiges Geflüster vernehmen. »Oh, ich Unglückliche! Ich hätte die Gelegenheit benützen können, hätte neue Lebenskraft schöpfen können … und jetzt … Jetzt bin ich wieder nichts!«

Es ging über meine Kraft … Ich verlor die Besinnung.

25.

Als ich zu mir kam, lag ich auf dem Rücken im Grase und fühlte in meinem ganzen Körper einen dumpfen Schmerz wie nach einem Sturz. Am Himmel dämmerte der Morgen, und ich konnte deutlich die Dinge unterscheiden: nicht weit von mir zog sich längs eines Birkengehölzes eine von Weidenbüschen eingefaßte Straße hin; die Gegend kam mir bekannt vor. Ich fing an, mich zu erinnern, was mit mir vorgefallen war, und ich zuckte vor Grauen zusammen, als mir das letzte entsetzliche Gesicht in den Sinn kam …

– Aber warum erschrak Ellis? – dachte ich. – Ist denn auch sie *seiner* Gewalt untertan? Ist sie nicht unsterblich? Ist sie denn auch der Vernichtung, der Auflösung preisgegeben? Wie wäre das möglich! –

Ganz nahe ließ sich ein leiser Seufzer vernehmen. Ich wandte den Kopf. Etwa zwei Schritte vor mir lag auf der Erde, unbeweglich hingestreckt, eine junge Frau in weißem Kleid, mit aufgelöstem üppigem Haar und entblößter Schulter. Ein Arm lag hinter dem Kopfe, der andere auf der Brust. Die Augen waren geschlossen, und auf den zusammengepreßten Lippen zeigte sich ein leichter hellroter Schaum. Ist denn das Ellis? Ellis war ja ein Gespenst, eine Vision, und vor mir liegt ein lebendiges Weib. Ich kroch zu ihr heran und beugte mich über sie …

»Ellis! Bist du es?« rief ich aus. Plötzlich öffneten sich, leise erzitternd, ihre breiten Augenlider, dunkle durchdringende Augen bohrten sich in mich, – und im gleichen Augenblick saugten sich warme, feuchte, nach Blut riechende Lippen in die meinen, weiche Arme umschlangen meinen Hals, eine glühende volle Brust drückte sich an die meine. – »Lebe wohl! Lebe wohl auf ewig!« sprach deutlich die ersterbende Stimme, – und alles war verschwunden.

Ich erhob mich, schwankte wie trunken, fuhr mir einige Male mit der Hand über das Gesicht und sah mich aufmerksam um. Ich befand mich an der Landstraße, etwa zwei Werst von meinem Gute entfernt. Die Sonne war schon aufgegangen, als ich mein Haus erreichte.

Alle folgenden Nächte wartete ich – und ich muß gestehen, nicht ohne Furcht – auf das Erscheinen meiner Vision; sie kam jedoch nicht wieder. Einmal begab ich mich sogar in der Dämmerung zur alten Eiche, doch auch dort ereignete sich nichts Ungewöhnliches. Übrigens beklagte ich den Abbruch dieser wundersamen Beziehungen nicht allzu sehr. Ich habe viel und lange über diesen unbegreiflichen, ich möchte beinahe sagen, – albernen Fall nachgedacht und bin zur Überzeugung gekommen, daß er sich nicht nur wissenschaftlich nicht erklären läßt, sondern daß auch in Märchen und Sagen nichts Ähnliches vorkommt. Was war in der Tat diese Ellis? Ein Gespenst, eine umherirrende Seele, ein böser Geist, eine Sylphide, vielleicht gar ein Vampyr? Zuweilen schien es mir wiederum, daß Ellis eine Frau sei, welche ich einst gekannt habe, und ich strengte mich entsetzlich an, um mich zu besinnen, wo ich sie früher gesehen … Halt, halt, – sagte ich mir manchmal, – da hab ich's, gleich wird's mir einfallen … Gefehlt! Alles zerrann wieder wie ein Traum. Ja, ich überlegte mir viel hin und her und brachte, wie es fast immer der Fall ist, doch nichts heraus. Andere Leute um Rat oder Meinung zu befragen, – konnte ich mich nicht entschließen. Ich fürchtete, daß sie mich für verrückt halten würden. Schließlich gab ich alle meine Bemühungen auf; offen gestanden hatte ich ganz andere Dinge im Kopf. Einerseits war die Abschaffung der Leibeigenschaft mit der Verteilung der Ländereien dazwischengekommen, und andererseits war auch meine Gesundheit ziemlich zerrüttet: ich litt an Brustschmerzen, Schlaflosigkeit, Husten. Der ganze Körper war mir wie ausgetrocknet, mein Gesicht war gelb wie bei einer Leiche. Der Arzt versichert, daß ich zu wenig Blut habe; er nennt meine Krankheit mit dem griechischen Namen »Anaemie« und schickt mich nach Gastein. Der Verwalter schwört aber, er könne ohne mich mit den Bauern nicht fertig werden …

Und so muß ich allein mit allem fertig werden!

Doch was bedeuten jene durchdringend-reinen und schrillen Töne, den Tönen einer Ziehharmonika ähnlich, die in meinen Ohren erklingen, so oft in meiner Gegenwart von irgend einem Todesfalle die Rede ist? Sie werden immer lauter, immer durchdringender … Und warum muß ich immer beim bloßen Gedanken an das Nichts, an die Auflösung so qualvoll zusammenfahren?

Der Hund

»Wenn man die Möglichkeit des Übernatürlichen, die Möglichkeit seines Hineinspielens in das wirkliche Leben zugeben soll, – so gestatten Sie die Frage, welche Rolle soll dann noch der gesunde Menschenverstand spielen?« verkündete Anton Stepanowitsch und kreuzte seine Hände über dem Magen.

Anton Stepanowitsch hatte den Rang eines Staatsrates, war an irgendeinem sonderbaren Departement angestellt, redete langsam, gemessen und im Baß und erfreute sich allgemeiner Hochachtung. Erst kurz vorher hatte man ihm, wie seine Neider sagten, den Stanislausorden angehängt.

»Sie haben vollkommen recht«, bemerkte Skworewitsch.

»Darüber wird auch niemand streiten«, fügte Kinarewitsch hinzu.

»Ganz meine Meinung«, bestätigte mit einer Fistelstimme der Gastgeber, Herr Finoplentow, der in einer Ecke saß.

»Ich kann mich aber, offen gestanden, dieser Meinung nicht anschließen, denn mir selbst ist einmal etwas durchaus Übernatürliches passiert«, sagte ein Mann von mittlerem Wuchs und mittleren Jahren, mit einem ziemlichen Embonpoint und einer Glatze, der bisher schweigend hinter dem Ofen gesessen hatte … Alle Anwesenden blickten ihn sofort neugierig und fragend an, – und alle schwiegen.

Dieser Mann, ein nicht sehr bemittelter Gutsbesitzer aus dem Gouvernement Kaluga, war erst vor kurzem nach Petersburg gekommen. Er hatte einmal bei den Husaren gedient, sein Vermögen verspielt, den Abschied genommen und sich schließlich auf dem Lande niedergelassen. Die mit der Abschaffung der Leibeigenschaft zusammenhängenden wirtschaftlichen Veränderungen hatten seine Einkünfte erheblich gekürzt, und so war er nach Petersburg gekommen, um sich nach einer Stelle umzusehen. Er besaß weder irgendwelche Fähigkeiten noch Verbindungen, baute aber felsenfest auf die Freundschaft eines ehemaligen Regimentskameraden, der plötzlich, ohne ersichtlichen Grund, Karriere gemacht hatte und dem er einst behilflich gewesen war, einen Falschspieler zu verprügeln. Außerdem baute er auch noch auf sein Glück, welches ihn auch wirklich nicht im Stiche ließ: einige Tage später bekam er die Stelle eines Inspektors der Staatsmagazine, eine vorteilhafte und sogar ehrenvolle Stelle, die keinerlei besondere Talente erforderte: die Magazine bestanden überhaupt nur im Projekt, und es war sogar noch nicht bekannt, womit sie einst gefüllt werden sollten; ersonnen waren sie aber aus Gründen der Staatsökonomie.

Anton Stepanowitsch war der erste, der das allgemeine Schweigen brach.

»Wie, mein sehr verehrter Herr?« begann er: »Sie wollen im Ernste behaupten, daß Sie etwas Übernatürliches erlebt haben, ich will sagen, etwas, was mit den Gesetzen der Natur nicht übereinstimmt?«

»Ja, das will ich behaupten«, entgegnete der »sehr verehrte Herr«, der eigentlich Porfirij Kapitonowitsch hieß.

»Etwas, was mit den Gesetzen der Natur nicht übereinstimmt!« wiederholte Anton Stepanowitsch, dem diese Phrase offenbar gut gefiel, beinahe empört.

»Ja, das meine ich eben; gerade so etwas, wie Sie zu sagen geruhten.«

»Das ist höchst merkwürdig! Was meinen Sie, meine Herren?« Anton Stepanowitsch bemühte sich, seinen Zügen einen ironischen Ausdruck zu geben; es kam aber nichts dabei heraus, oder richtiger gesagt, der Herr Staatsrat nahm eine Miene an, als ob er einen üblen Geruch wittere. »Dürfen wir Sie vielleicht bitten, verehrter Herr«, fuhr er, sich an den Gutsbesitzer aus Kaluga wendend, fort: »Dürfen wir Sie vielleicht bitten, uns die Einzelheiten eines so merkwürdigen Erlebnisses mitzuteilen?«

»Warum nicht? Mit Vergnügen!« erwiderte der Gutsbesitzer. Er rückte seinen Stuhl ungezwungen in die Mitte des Zimmers vor und begann folgendermaßen:

»Ich besitze, meine Herren, was Ihnen vielleicht bekannt, vielleicht auch unbekannt ist, ein kleines Gut im Koselskischen Kreise. Vor Jahren hat es mir etwas eingebracht, doch heutzutage kann es mir selbstverständlich nichts als Unannehmlichkeiten bringen. Von Politik will ich übrigens nicht sprechen! Auf diesem Gute also habe ich einen kleinen Hof, einen Gemüsegarten, einen Teich mit Karauschen und was sonst noch dazu gehört, ein paar Wirtschaftsgebäude und schließlich ein Häuschen für meinen eigenen sündigen Leib … Darin hauste ich als Junggeselle. Eines Abends, – so vor sechs Jahren mag es gewesen sein – kam ich spät nach Hause: hatte beim Nachbar Karten gespielt, war aber, was ich Sie wohl zu beachten bitte, vollkommen nüchtern; ich kleidete mich aus, legte mich zu Bett und löschte das Licht aus. Nun stellen Sie sich vor, meine Herren, – kaum habe ich das Licht ausgelöscht, als sich etwas unter meinem Bette zu rühren anfängt! Ich denke mir: eine Ratte? Nein, keine Ratte: es kratzt, es rumort, es juckt sich … Schließlich klappert es mit den Ohren!

Selbstverständlich ist's ein Hund. Wo soll aber ein Hund herkommen? Ich halte mir keine Hunde; ist's vielleicht irgendein zugelaufener? Ich rief meinen Diener; Filjka hieß er. Der Diener kam mit einem Licht. ›Was ist das‹, sage ich ihm, ›mein lieber Filjka, für eine Unordnung!? Da ist ein Hund unter mein Bett geraten.‹ – ›Was für ein Hund?‹ sagt er. – ›Woher soll ich es wissen?‹ sage ich. ›Es ist deine Sache darauf zu sehen, daß dein Herr nicht gestört wird.‹ – Mein Filjka bückt sich und beginnt mit der Kerze in der Hand unter dem Bette zu suchen. ›Hier ist ja gar kein Hund!‹ sagt er schließlich. – Auch ich bücke mich: wirklich keine Spur von einem Hund. – Was für ein Unsinn! Ich schaue auf Filjka, er lächelt. – ›Dummkopf‹, sage ich zu ihm: ›was grinst du? Der Hund ist wohl, als du die Türe aufgemacht hast, in den Flur geschlüpft. Und du, Maulaffe, hast es nicht bemerkt, weil du immer schläfst. Vielleicht denkst du, daß ich betrunken bin?‹ Er wollte etwas entgegnen, ich jagte ihn aber fort, rollte mich zu einem Kringel zusammen und hörte in jener Nacht nichts mehr.

Doch in der nächsten Nacht – denken Sie es sich nur! – wiederholt sich die gleiche Geschichte. Wie ich nur die Kerze ausblies, beginnt es gleich wieder zu kratzen und mit den Ohren zu klappern. Ich rief wieder Filjka herbei, er sah wieder unters Bett – wieder nichts! Ich schickte ihn weg, blies die Kerze aus und – pfui Teufel! – der Hund ist schon wieder da. Es ist auch ganz sicher ein Hund: ich höre ganz genau, wie er atmet, wie er mit den Zähnen nach Flöhen sucht … So ungewöhnlich deutlich höre ich es! – ›Filjka!‹ rufe ich wieder, ›komm mal her, doch ohne Licht!‹ Filjka kommt. – ›Nun, hörst du es?‹ – ›Ich höre es wohl‹, sagt er. Ich kann ihn nicht sehen, doch ich fühle, daß er vor Angst am ganzen Leibe zittert. – ›Und was sagst du dazu?‹ frage ich ihn. – ›Was soll ich dazu sagen, Porfirij Kapitonowitsch? Es ist Teufelsspuk!‹ – ›Du dummer Kerl‹, sage ich ihm, ›schweig' doch lieber mit deinem Teufelsspuk …‹ Doch wir beide piepsen wie die Vögel und zittern wie im Fieber; finster ist es auch. Ich zünde das Licht an: nichts zu sehen, nichts zu hören, wir beide stehen da weiß wie Kalk. So ließ ich die Kerze bis zum Morgen brennen. Nun erkläre ich Ihnen, meine Herren, – Sie mögen es mir glauben oder nicht – von dieser Nacht an wiederholte sich die Geschichte jede Nacht durch volle sechs Wochen.

Schließlich gewöhnte ich mich daran und ließ sogar die Kerze nicht mehr brennen, denn ich kann bei Licht nicht schlafen. Soll er von mir aus lärmen, soviel er will! Er wird mir ja nichts zuleide tun!«

»Wie ich sehe, gehören Sie nicht zu den Feigsten«, unterbrach ihn mit einem halb spöttischen, halb herablassenden Lächeln Anton Stepanowitsch. »Man sieht gleich den Husaren!«

»Vor Ihnen würde ich auf keinen Fall Furcht haben«, versetzte Porfirij Kapitonowitsch und sah für einen Augenblick wirklich wie ein Husar aus. »Hören Sie aber weiter. Da kommt zu mir ein Nachbar zu Besuch, derselbe, mit dem ich Karten zu spielen pflegte. Er aß bei mir zu Mittag, was es eben gab, ließ mir so an die fünfzig Rubel für den Besuch zurück und wollte sich dann nach Hause begeben, denn draußen wurde es dunkel. Ich habe aber so gewisse Absichten und sage ihm: ›Bleib doch bei mir zu Nacht, Wassilij Wassilijewitsch; morgen gewinnst du mit Gottes Hilfe alles zurück.‹ Mein Wassilij Wassilijewitsch überlegt sich hin und her und bleibt. Ich lasse ihm das Bett in meinem Schlafzimmer richten … Wir legen uns hin, rauchen und plaudern noch eine Weile – hauptsächlich über das zarte Geschlecht, wie es sich unter Junggesellen gehört, – scherzen ein bißchen … Ich sehe: Wassilij Wassilijewitsch löscht seine Kerze aus, und kehrt mir den Rücken; das heißt: Gute Nacht! Ich warte noch eine Weile und lösche auch meine Kerze aus. Nun denken Sie sich: ich habe noch gar nicht nachgedacht, was es nun für eine Karambolage geben wird, als das liebe Geschöpf auch schon zu lärmen anfängt. Es begnügt sich nicht mit dem gewöhnlichen Lärm, sondern kriecht unter dem Bette hervor, geht durchs Zimmer, klopft mit den Pfoten auf die Diele, klappert mit den Ohren und stößt plötzlich an den Stuhl, der neben Wassilij Wassilijewitschs Bett steht. – ›Porfirij Kapitonowitsch‹, sagt der, und zwar mit einer ganz gleichgültigen Stimme, – ›ich wußte gar nicht, daß du dir einen Hund angeschafft hast. Was ist's für einer? Ein Hühnerhund oder was?‹ – ›Ich habe gar keinen Hund‹, sage ich ihm darauf, ›und habe auch nie einen gehabt!‹ – ›Was, du hast keinen Hund? Und was ist denn das?‹ – ›Was das ist? Zünde die Kerze an, so wirst du es selbst sehen.‹ – ›Ist das kein Hund?‹ – ›Nein.‹ – Wassilij Wassilijewitsch dreht sich im Bette um. – ›Du scherzest wohl, mein Lieber?‹ ›Nein, ich scherze nicht.‹ – Da höre ich, wie er ein Zündhölzchen an der Schachtel reibt; das Vieh treibt aber noch immer sein Wesen und juckt sich das Fell. Endlich brennt die Kerze und … basta! Keine Spur mehr! Wassilij

Wassiljewitsch sieht mich an, – und ich sehe ihn an. – ›Was ist das‹, fragt er mich, ›für ein Witz?‹ – ›Das ist so ein Witz‹, sage ich ihm, ›daß, wenn du an die eine Seite Sokrates in eigener Person und an die andere Friedrich den Großen hinsetzt, so werden auch die daraus nicht klug werden.‹ – Und ich erzähle ihm alles mit sämtlichen Einzelheiten. Wie da mein Wassilij Wassiljewitsch aufspringt! Wie wenn er sich verbrüht hätte! Kann unmöglich mit den Füßen in seine Stiefel hineingeraten. – ›Einspannen!‹ schreit er: ›Einspannen!‹ – Ich versuche ihn zu besänftigen, er will aber auf nichts hören! Er seufzt und ächzt. – ›Ich bleibe keine Minute länger hier! Du bist nach alledem ein verdammter Mensch! Einspannen!‹ Endlich gelang es mir, ihn zu überreden. Nur mußte ich sein Bett in ein anderes Zimmer schleppen und in allen Ecken Nachtlichter anzünden lassen. Am nächsten Morgen beim Tee war er schon einigermaßen ruhiger und begann, mir Ratschläge zu geben. ›Du solltest versuchen, Porfirij Kapitonowitsch‹, sagte er mir, ›für einige Tage das Haus zu verlassen: vielleicht wirst du dann diesen Teufelsdreck loswerden.‹ – Ich muß Ihnen aber sagen, meine Herren, daß dieser Nachbar ein Mann von ungewöhnlichem Verstande war! Unter anderem hatte er seine eigene Schwiegermutter so ganz wunderbar herumgekriegt: er hatte sie einen Wechsel unterschreiben lassen, doch so, daß sie es selbst gar nicht merkte, eine so gefühlvolle Stunde hatte er sich dazu ausgesucht. Sie wurde weich wie Butter, gab ihm sogar eine Vollmacht zur Verwaltung des ganzen Gutes – was hätte er sich noch wünschen können? Und das ist doch wirklich nicht leicht, eine Schwiegermutter so herumzukriegen! Was meinen Sie, meine Herren? Er verließ mich aber ziemlich mißvergnügt: ich hatte ihm nämlich wieder an die hundert Rubel im Kartenspiel abgeknöpft. Er schimpfte sogar auf mich und sagte, daß ich undankbar und gefühllos sei. Was traf mich aber für eine Schuld? Nun, das alles versteht sich von selbst, – seinen Rat nahm ich aber zur Kenntnis: noch am gleichen Tage reiste ich in die Stadt und mietete mich in einem Gasthaus, bei einem mir bekannten alten Sektierer ein. Dieser war ein höchst ehrenwerter Greis, wenn auch etwas unwirsch infolge seiner Zurückgezogenheit: seine ganze Familie war ihm ausgestorben. Nur konnte er in seinem Hause keinen Tabakrauch leiden, und gegen Hunde hatte er eine ganz schreckliche Abneigung: ich glaube, er würde es vorziehen, sich selbst eigenhändig in Stücke zu reißen, als einen Hund zu sich über die Schwelle zu lassen! Er pflegte zu sagen: ›Hier in meiner Kammer geruht an der Wand die Himmelskönigin in eigener Person zu wohnen; wie sähe es aus, wenn ein unflätiger Hund seine unsaubere Schnauze gegen die gleiche Wand erheben wollte!‹ Man kennt es ja – Unbildung! Im übrigen bin ich der Meinung: ein jeder soll sich an die Weisheit halten, die ihm gegeben ist!«

»Wie ich sehe, sind Sie ein großer Philosoph!« unterbrach ihn schon wieder Anton Stepanowitsch mit dem gleichen ironischen Lächeln.

Porfirij Kapitonowitsch runzelte diesmal sogar die Stirne.

»Was ich für ein Philosoph bin, das ist noch ungewiß«, versetzte er, sich nervös den Schnurrbart zupfend. »Aber Sie würde ich gerne in die Lehre nehmen!«

Wir alle blickten erwartungsvoll auf Anton Stepanowitsch: ein jeder von uns erwartete eine stolze Antwort oder wenigstens einen strafenden Blick … Doch der Herr Staatsrat veränderte sein ironisches Lächeln in ein gleichgültiges, gähnte, schlenkerte etwas mit dem Fuß, – und das war alles!

»Bei eben diesem Greis mietete ich mich ein«, fuhr Porfirij Kapitonowitsch fort. – »Er gab mir aus Bekanntschaft eine ziemlich elende Kammer; er selbst hauste dicht daneben, hinter einer dünnen Bretterwand, doch das paßte mir ausgezeichnet. Diese paar Tage waren für mich übrigens ein wahres Martyrium! Die Kammer war klein, und dazu die Hitze, die stickige Luft, die vielen Fliegen, die so eigentümlich klebrig schienen. In der Ecke stand ein mächtiger Heiligenschrein mit uralten Bildern; die Beschläge an den Bildern waren trübe, pompös, doch innen hohl; es roch nach Lampenöl und nach anderen Spezereien. Auf dem Bette lagen zwei Daunenpfühle, wenn ich aber ein Kissen anrührte, so lief schon gleich eine Schabe hervor … Aus lauter Langeweile trank ich eine Unmenge Tee – ein wahres Elend! Schließlich legte ich mich hin. Vom Einschlafen war nicht die Rede, – denn der Wirt hinter dem Verschlage wollte gar nicht aufhören zu seufzen, zu stöhnen und Gebete zu lesen. Schließlich begab er sich doch zur Ruhe. Ich höre: er schnarcht, aber so ganz leise, ganz bescheiden und altmodisch. Die Kerze hatte ich schon längst ausgeblasen, vor den Heiligenbildern brennt aber noch ein Lämpchen … Also ein Hindernis! Ich stehe leise auf, schleiche barfuß in die Ecke zum Heiligenschrein und blase das Lämpchen aus … Nichts geschieht. – Aha! - sage ich mir, – bei Fremden will es nicht anbeißen … Kaum lege ich mich aber ins Bett, als die Geschichte schon wieder losgeht! Es scharrt und kratzt, und klappert mit den Ohren … Mit einem Worte ganz wie es sich gehört! Gut. Ich liege da und warte, was weiter geschieht. Da höre ich wie der Alte aufwacht. – ›Herr‹, sagt er mir, ›Herr!‹ – ›Was denn?‹ – ›Hast du die Lampe ausgeblasen?‹ Und ohne meine Antwort abzuwarten, fängt er auf einmal an zu schimpfen: ›Was ist das? Was ist das? Ein Hund? Ein Hund! Ach du verdammter Ketzer!‹ ›Warte Alter mit dem Schimpfen‹, sage ich, ›komme lieber zu mir herüber, hier gehen erstaunliche Dinge vor.‹ Der Alte krächzt noch eine Weile und kommt dann zu mir ins Zimmer, mit einer ungewöhnlich dünnen Kerze aus gelbem Wachs in der Hand; er macht einen wirklich merkwürdigen Eindruck! Er ist ganz struppig, die Ohren sind behaart, die Augen böse wie bei einem Iltis, auf dem Kopfe hat er eine weiße Kappe aus Filz, der Bart reicht ihm bis zum Gürtel und ist ebenfalls weiß, über dem Hemde trägt er eine Weste mit Messingknöpfen und an den Beinen Pelzstiefel; und obendrein riecht er nach Wacholder. In diesem Aufzuge ging er zu den Heiligenbildern, bekreuzigte sich dreimal nach dem Ritus der Altgläubigen mit zwei Fingern, zündete das Lämpchen an, bekreuzigte sich wieder, wandte sich dann zu mir und fuhr mich an: ›Erkläre!‹ – Und nun erzähle ich ihm sofort alles, ohne irgend etwas zu verheimlichen. Der Alte hört mich aufmerksam an, unterbricht mich mit keinem Wort, schüttelt nur ununterbrochen den Kopf. Dann setzt er sich zu mir aufs Bett und schweigt noch immer; kratzt sich die Brust, den Nacken und das übrige und schweigt. – ›Nun, Fedul Iwanowitsch‹, sage ich ihm, ›was meinst du dazu? Ist das ein höllisches Blendwerk oder was?‹ – Der Alte sieht mich an und sagt: ›Was redest du von einem höllischen Blendwerk! Wenn es noch in deinem Hause wäre, du Ketzer – aber hier! Bedenke doch nur, wieviel Heiligkeit hier in meinen Räumen ist! Wie könnte hier höllisches Blendwerk hereinkommen!‹ – ›Und wenn es keines ist, was ist es dann?‹ – Der Alte schweigt wieder eine Weile, kratzt sich und sagt schließlich mit dumpfer Stimme, denn der Bart wächst ihm in den Mund hinein; ›Begib dich in die Stadt Bjelew. Außer einem gewissen Menschen kann dir niemand helfen. Und dieser Mensch wohnt in Bjelew: er ist einer von den Unsrigen. Wenn er dir helfen will, ist es dein Glück; will er aber nicht, so muß es bleiben, wie es ist.‹ – ›Und wie soll ich diesen Menschen finden?‹ frage ich ihn. – ›Das kann ich dir ganz genau sagen, aber wie kannst du nur von höllischem Blendwerk sprechen? Es ist entweder eine Erscheinung, oder ein Zeichen; verstehen kannst du es sowieso nicht, denn dazu reicht dein Verstand nicht aus. Lege dich jetzt im Namen Christi schlafen, ich werde ein wenig mit Weihrauch räuchern, und morgen wollen wir sprechen. Denn Morgenstunde hat Gold im Munde.‹

Am anderen Morgen besprachen wir noch einmal die Sache, doch war ich von seinem Weihrauch beinahe erstickt. Und der Alte gab mir folgende Anweisung: In Bjelew angekommen, sollte ich mich sofort auf den Marktplatz begeben und im zweiten Laden rechter Hand nach einem gewissen Prochorytsch fragen. Und diesem Prochorytsch sollte ich ein Handschreiben übergeben. Dieses Handschreiben bestand aus einem Papierfetzen, auf dem folgendes geschrieben war: ›Im Namen des Vaters und des Sohnes und des heiliges Geistes. Amen. An Ssergej Prochorowitsch Perwuschin. Traue diesem. Feodul Iwanowitsch.‹ Und unten stand noch: ›Schick mir Kraut, um Christi Willen.‹

Ich dankte dem Alten, ließ sofort meinen Reisewagen anspannen und machte mich auf die Reise nach Bjelew. Denn ich sagte mir: obwohl mir mein nächtlicher Besucher eigentlich wenig Kummer zufügt, so ist die Sache doch etwas unheimlich und auch nicht ganz anständig für einen Adligen und Offizier – was meinen Sie?«

»Sind Sie denn wirklich nach Bjelew gereist?« flüsterte Herr Finoplentow.

»Geradewegs nach Bjelew. Ich ging auf den Marktplatz und fragte im zweiten Laden rechter Hand nach Prochorytsch: ›Gibt's hier so einen Menschen?‹ – ›So einen gibt es schon.‹ – ›Und wo wohnt er?‹ – ›An der Oka, hinter den Gemüsegärten.‹ – ›In wessen Haus?‹ – ›In seinem eigenen.‹ Ich ging also zur Oka und fand sein Haus; es war eigentlich kein Haus, sondern eine baufällige Hütte. Ich sehe einen Mann in blauem geflicktem Kittel und zerrissener Mütze; wie ein Kleinbürger sieht er aus. Er steht mit dem Rücken zu mir und gräbt in seinem Krautgarten. Ich gehe auf ihn zu. – ›Sind Sie der und der?‹ – Er wendet sich zu mir um, und ich muß Ihnen sagen, daß ich so durchdringende Augen noch nie gesehen habe. Im übrigen ist das ganze Gesicht so groß wie eine Faust; hat ein Ziegenbärtchen und eingefallene Lippen, mit einem Worte – ein alter Mann. – ›Ich bin der und der‹, sagt er mir, ›und was wünschen Sie?‹ – ›Das werden Sie gleich erfahren‹, sage ich und reiche ihm den Zettel. Er mustert mich sehr aufmerksam und sagt: ›Wollen Sie gefälligst in die Stube kommen; ohne Brille kann ich nicht lesen.‹ Wir gingen also zusammen in seine Hütte; es war tatsächlich eine Hütte: arm, kahl und schief; die Wände hielten sich kaum zusammen. An einer Wand hing ein uraltes Heiligenbild, schwarz wie Kohle; nur die Augen leuchteten darauf weiß. Er holte aus der Tischlade eine runde eiserne Brille, setzte sie sich auf die Nase, las das Sendschreiben und blickte mich noch einmal über die Brille hinweg an. – ›Haben Sie ein Anliegen?‹ – ›Richtig, ich habe ein Anliegen.‹ – ›Nun, wenn Sie ein Anliegen haben, so melden Sie mir alles, und ich werde zuhören.‹ – Stellen Sie sich vor: er setzt sich selbst hin, holt aus der Tasche ein kariertes Tuch und breitet es über seine Knie aus, – und das Tuch ist voller Löcher. Und sieht mich dabei so würdevoll an, wie ein Senator oder ein Minister; mich fordert er aber gar nicht zum Sitzen auf. Und was noch viel merkwürdiger ist: ich fühle plötzlich, daß ich ganz schüchtern werde; ich ersterbe förmlich. Er durchbohrt mich mit den Augen. Ich fasse mir jedoch ein Herz und erzähle ihm meine ganze Geschichte. Er schweigt eine Weile, rückt hin und her, kaut ein bißchen mit den Lippen und beginnt mich auszufragen, wieder wie ein Senator, so würdevoll und ohne sich zu übereilen. Wie ich heiße? Alter? Wer meine Eltern gewesen? Ob ich ledig sei oder verheiratet? – Dann kaut er wieder mit den Lippen, runzelt die Stirne, hebt einen Finger und sagt: – ›Verbeugen Sie sich zuerst vor dem Bilde der heiligen Bischöfe von Ssolowezk, Zosima und Sawwatius.‹ – Ich verbeugte mich bis zur Erde und blieb auf den Knien; ich fühlte in mir eine solche Furcht vor dem Manne und eine solche Demut, daß ich wohl alles getan hätte, was er mir auch befohlen haben würde! … Ich sehe, meine Herren, Sie schmunzeln; mir war aber damals ganz anders zumute, bei Gott! – ›Stehen Sie auf, Herr‹, sagte er schließlich. ›Ihnen kann geholfen werden. Dies ist Ihnen nicht als Strafe beschert, sondern als Warnung; es besteht wohl eine himmlische Fürsorge für Sie; wahrscheinlich betet jemand für Sie. Gehen Sie jetzt auf den Markt und kaufen Sie sich einen jungen Hund; diesen Hund halten Sie bei sich Tag und Nacht. Die Erscheinungen werden aufhören, und außerdem wird Ihnen der Hund nützlich sein.‹

Es war mir, als ob mir ein Licht aufginge; seine Worte machten mir große Freude! Ich verbeugte mich vor Prochorytsch und wollte gehen, als mir noch einfiel, daß ich mich ihm doch irgendwie erkenntlich zeigen müsse: ich zog aus dem Beutel einen Dreirubelschein. Er schob aber meine Hand von sich fort und sagte: ›Geben Sie das Geld in unsere Kapelle oder an die Armen, aber mein Dienst ist unentgeltlich.‹ Ich verbeugte mich wieder vor ihm, fast bis zum Boden, und begab mich sofort auf den Markt. Und denken Sie sich: kaum komme ich zu den Marktbuden, begegnet mir schon ein Kerl in einem Friesmantel und trägt unter dem Arm einen jungen Hühnerhund, zwei Monate alt, braun mit weißer Schnauze und weißen Vorderpfoten. ›Halt!‹ sage ich dem Mann: ›Was willst du für den Hund?‹ – ›Zwei Rubel.‹ – ›Da hast du drei Rubel!‹ Jener wundert sich und glaubt wohl, daß der Herr verrückt geworden sei; ich drücke ihm aber die Banknote in die Hand, nehme den Hund und steige sofort in den Reisewagen. Der Kutscher spannte rasch an, und am gleichen Abend war ich zu Hause. Der Hund saß auf dem ganzen Wege unter meinem Mantel und gab keinen Ton von sich; ich sagte ihm immer: ›Tresoruschka, Tresoruschka!‹ Zu Hause gab ich ihm sofort zu fressen und zu trinken, ließ Stroh bringen, richtete ihm das Lager und ging selbst zu Bett. Nun blies ich die Kerze aus; es wurde dunkel. ›Nun‹, sage ich, ›fange an!‹ Es bleibt still. ›Fang doch an, du Teufelsvieh!‹ Kein Ton, wär's auch nur zum Scherz gewesen. Ich werde kühn: ›Fang' doch an, du verdammtes Höllenvieh!‹ Wieder kein Ton – es ist aus! Ich höre nur, wie mein Hund schnarcht. – ›Filjka!‹ schreie ich, ›Filjka! Komm doch her, du dummer Kerl!‹ Er kommt herein. – ›Hörst du den Hund?‹ – ›Nein‹, sagt er, ›ich höre nichts, Herr‹, und lacht selbst dabei. – ›Und wirst ihn auch nie wieder hören! Da hast du einen halben Rubel für Schnaps!‹ – ›Lassen Sie mich Ihre Hand küssen‹, sagt der Narr und geht im Finstern auf mich los … Die Freude war wirklich groß, sage ich Ihnen.«

»Und damit war die Sache zu Ende?« fragte Anton Stepanowitsch, diesmal ganz ohne Ironie.

»Die Erscheinungen hörten wirklich auf, und ich hatte meine Ruhe; warten Sie aber: die Sache war damit noch nicht zu Ende. Mein Tresor begann zu wachsen, wurde so ein großer ungeschlachter Kerl, mit dicker Rute, langen Ohren, dicker Schnauze, – ein richtiger ›Pile avance.‹ Außerdem hing er ungewöhnlich an mir. Die Jagd ist in unserer Gegend schlecht; da ich aber schon einen Hund hatte, so schaffte ich mir auch ein Gewehr an. Ich fing an, mich mit meinem Tresor in der Umgegend herumzutreiben: manchmal erbeuteten wir einen Hasen (wie scharf er auf diese Hasen war, du lieber Himmel!), manchmal auch eine Wachtel oder eine Wildente. Aber was die Hauptsache war: Tresor folgte mir auf Schritt und Tritt, wo ich war, da war auch er; selbst ins Dampfbad nahm ich ihn mit, mein Ehrenwort! Eine von unseren Damen wollte mich wegen dieses Tresors aus ihrem Salon hinauswerfen lassen, aber ich machte einen großen Krach und schlug fast sämtliche Fensterscheiben kaput! Da ereignete es sich einmal im Sommer ... Ich muß Ihnen sagen, es war ein so heißer und trockner Sommer, wie es seit Menschengedenken keinen solchen gegeben hat; die Luft war voll Rauch oder Nebel, es roch wie bei einem Brand, die Sonne hing im Dunst wie eine glühende Kugel, und vor lauter Staub kam man gar nicht aus dem Niesen! Die Menschen gingen mit offenen Mäulern wie die Krähen herum. Es war mir zu langweilig, immer den ganzen lieben Tag völlig entkleidet hinter verschlossenen Fensterläden zu Hause zu sitzen; auch nahm die Hitze ein wenig ab ... Ich begab mich also zu einer meiner Nachbarinnen. Sie wohnte etwa eine Werst von mir und war eine recht angenehme Dame. Auch war sie noch jung, stand in der Blüte ihrer Jahre und hatte ein gewinnendes Äußere, nur war sie von höchst unbeständigem Charakter. Bei weiblichem Geschlecht ist das aber kein Unglück; ist sogar manchmal recht interessant ... So kam ich zu ihrem Haus, – der Weg war aber bei der Hitze ein hartes Stück Arbeit! Nun, denke ich mir, Nymphodora Ssemjonowna wird mich wohl mit Preiselbeersirup laben, auch mit anderen süßen Sachen – und ich habe schon die Türklinke ergriffen, als sich plötzlich hinter der Gesindestube ein Stampfen, Winseln und Kindergeschrei erhebt ... Ich blicke mich um. Du lieber Himmel! Gerade auf mich zu rennt ein riesengroßes rotes Tier, welches ich auf den ersten Blick gar nicht für einen Hund hielt: mit aufgerissenem Rachen, blutunterlaufenen Augen, gesträubten Haaren ... Ich hatte noch nicht Zeit, Atem zu holen, als das Ungeheuer schon auf den Flur stürzt, sich auf die Hintertatzen stellt und mir an die Brust springt – denken Sie sich nur die Situation! Mir steht das Herz still, kann nicht einmal die Hände rühren, bin völlig erstarrt ... ich sehe nur die furchtbaren weißen Hauer dicht vor meiner Nase, die rote schaumbedeckte Zunge ... Doch im gleichen Augenblick erhebt sich vor mir ein anderer dunkler Körper, er springt in die Höhe wie ein Gummiball; es war mein lieber Tresor, er kam mir zu Hilfe und biß sich wie ein Blutegel dem anderen, dem Ungeheuer, in die Kehle fest. Jener röchelte, knirschte mit den Zähnen und prallte zurück ... Ich reiße in einem Nu die Türe auf und bin schon im Vorzimmer. So stehe ich fast besinnungslos da, stemme mich mit meinem ganzen Körper gegen die Türe und höre, wie draußen eine verzweifelte Schlacht vor sich geht. Ich beginne zu schreien, nach Hilfe zu rufen; das ganze Haus gerät in Aufruhr. Nymphodora Ssemjonowna

kommt mit aufgelösten Zöpfen herbeigerannt, draußen schreien viele
Stimmen durcheinander, und plötzlich hört man: ›Haltet ihn, haltet
ihn, sperrt das Tor zu!‹ – Ich öffne ein klein wenig die Türe und sehe:
das Ungeheuer ist nicht mehr auf dem Flur, die Leute rennen auf dem
Hofe umher, fuchteln mit den Armen, heben Holzscheite vom Boden
auf – sind alle wie besessen – ›Nach dem Dorf! Nach dem Dorf ist er
fortgerannt!‹ kreischt ein Weib in einem Kopfputze von ungewöhnlichen
Dimensionen, sich aus einem Bodenfenster herausreckend. Ich ging
wieder in den Hof. – ›Wo ist mein Tresor?‹ Und im gleichen Augenblick erblickte ich meinen Retter. Er kommt vom Tore her, hinkt, ist
ganz zerbissen und blutig … – ›Was ist denn eigentlich los?‹ frage ich
die Leute; die rennen aber noch immer wie besessen auf dem Hofe
umher. – ›Ein toller Hund!‹ antwortete man mir schließlich. ›Er gehört
dem Grafen … Seit gestern treibt er sich hier herum.‹

Wir hatten einen Grafen in der Nachbarschaft, der sich furchtbare
ausländische Hunde hielt. Mir zittern die Knie; ich stürze zu einem
Spiegel, um zu sehen, ob ich nicht gebissen bin. Nein, Gott sei Dank,
nichts zu sehen; nur ist mein Gesicht grün. Indessen liegt Nymphodora
Ssemjonowna auf dem Diwan und gluckst wie eine Henne. Das ist
auch wohl begreiflich: erstens die Nerven und zweitens die Empfind-
samkeit. Sie kommt aber wieder zu sich und fragt mich, mit so matter
Stimme, ob ich noch lebe. Ich sage ihr, daß ich noch lebe und daß
Tresor mein Retter ist. – ›Ach‹, sagt sie drauf, ›welch ein Edelmut! Hat
ihn also der tolle Hund erwürgt?‹ – ›Nein‹, sage ich, ›er hat ihn nicht
erwürgt, aber stark verletzt.‹ – ›Ach‹, sagt sie wieder, ›in diesem Falle
muß man ihn sofort niederschießen!‹ – ›Nein‹, sage ich, ›damit bin ich
gar nicht einverstanden; ich will versuchen, ihn zu kurieren …‹ Indessen
kratzt Tresor von außen an der Türe; ich will ihn hereinlassen. – ›Ach‹,
sagt sie, ›was fällt Ihnen ein? Er wird ja uns alle beißen!‹ – ›Erlauben
Sie‹, erwidere ich, ›das Gift wirkt nicht so schnell.‹ – ›Ach‹, sagt sie,
›wie kann man nur so was sagen! Sie sind wohl verrückt!‹ – ›Nym-
photschka‹, sage ich ihr, ›beruhige dich, sei doch vernünftig …‹ Da
schreit sie aber auf: ›Hinaus, hinaus, sofort verlassen Sie das Haus zusammen mit Ihrem ekelhaften Hund!‹ – ›Gut‹, sage ich, ›gerne, ich
gehe schon.‹ – ›Sofort, in dieser Sekunde! Entferne dich‹, sagt sie, ›du
Mörder, und wage nicht, mir je wieder unter die Augen zu kommen.
Du kannst ja selbst toll werden!‹ – ›Sehr gut‹, sage ich, ›lassen Sie mir
nur einen Wagen geben, denn ich fürchte mich jetzt, zu Fuß nach

Hause zu gehen.‹ – Sie starrte mich an. – ›Gebt ihm einen Wagen, eine Kutsche, eine Droschke, was er will, nur daß ich ihn nicht mehr sehe! Diese Augen! Was er für Augen macht!‹ Mit diesen Worten rennt sie aus dem Zimmer, gibt einem Dienstmädchen, das ihr gerade in den Weg kommt, eine Ohrfeige, – und ich höre, wie sie im Nebenzimmer einen hysterischen Anfall bekommt. – Sie mögen es mir glauben, meine Herren, oder nicht, doch von diesem Tag an brach ich jeden Verkehr mit Nymphodora Ssemjonowna ab; und bei reiflicher Überlegung muß ich sagen, daß ich auch für diesen Dienst meinem Freund Tresor bis an mein Lebensende zum Danke verpflichtet bin.

Ich ließ also einen Wagen anspannen, setzte mich mit Tresor hinein und fuhr nach Hause. Zu Hause untersuchte ich ihn, wusch seine Wunden aus und beschloß, ihn am nächsten Morgen zu einer weisen Frau, die im Kreise Jefremow wohnte, zu bringen. Diese weise Frau war übrigens ein alter Bauer, ein ganz merkwürdiger Mensch: er flüsterte einige Worte über Wasser, – andere sagen, daß er Schlangenspeichel hineintat, – gab davon zu trinken, und im Nu war jede Krankheit weg. Bei dieser Gelegenheit wollte ich mir in Jefremow zur Ader lassen: das ist manchmal sehr gut gegen Schreck; nur selbstverständlich nicht am Arme, sondern an der Daumenader.«

»Wo liegt denn die Daumenader?« fragte mit schüchterner Neugier Herr Finoplentow.

»Das wissen Sie nicht? Das ist eben die Stelle auf der Faust neben dem Daumen, wohin man Schnupftabak schüttet, bevor man eine Prise nimmt – hier ist sie! Für den Aderlaß ist es die geeignetste Stelle; denn urteilen Sie selbst: aus dem Arme kommt frisches Aderblut, aber da kann nur verbrauchtes Blut herauskommen. Die Ärzte wissen es nicht und verstehen es nicht; wie sollten sie es auch, diese Deutschen! Bei uns befassen sich hauptsächlich Schmiede damit. Und was es für geschickte Leute unter ihnen gibt! So ein Schmied setzt den Meißel an, haut mit dem Hammer darauf – und fertig! … Während ich auf diese Weise überlegte, war es draußen ganz finster geworden, also höchste Zeit, schlafen zu gehen. Ich legte mich zu Bett, und Tresor blieb selbstverständlich bei mir im Schlafzimmer. Ich weiß nicht, war es noch der Schreck, oder kam es von der stickigen Luft, von den Flöhen, oder weil ich zu viel Gedanken im Kopfe hatte, – aber ich konnte nicht einschlafen, wie sehr ich mir auch Mühe gab! Ich hatte ein so eigentümliches, beklemmendes Gefühl, daß ich es gar nicht beschreiben kann; ich versuchte alles Mögliche: trank Wasser, öffnete das Fenster, spielte auf der Gitarre die Kamarinskaja mit italienischen Variationen … es nützte alles nicht! Es trieb mich aus dem Zimmer … schließlich nahm ich mein Kissen, die Bettdecke, ein Laken und begab mich durch den Garten in den Heuschuppen und richtete mich da ein. Es war so angenehm, meine Herren: die Nacht ist still, ungewöhnlich still, nur ab und zu streicht mir ein Windhauch, zart wie eine Frauenhand, über das Gesicht; das Heu duftet wie Tee, auf den Apfelbäumen zirpen die Grillen; mitunter schlägt eine Wachtel, und man fühlt, daß es auch ihr, der Kanaille, so wohlig zumute ist, während sie mit dem Weibchen im Tau sitzt … Und am Himmel eine strahlende Pracht: die Sternchen flimmern, und zuweilen schwebt ein Wölkchen vorbei, weiß wie Watte, und bewegt sich kaum …«

An dieser Stelle mußte Skworewitsch niesen; auch Kinarewitsch, der nie hinter seinem Freunde zurückblieb, nieste. Anton Stepanowitsch sah die beiden beifällig an.

»Nun«, fuhr Porfirij Kapitonowitsch fort, »so liege ich da und kann noch immer nicht einschlafen. Ich muß in einemfort denken und zwar hauptsächlich über die menschliche Weisheit: wie wunderbar hat mir doch Prochorytsch das warnende Zeichen gedeutet, und warum solche Wunder gerade mit mir geschehen? … Ich wundere mich, weil ich nichts begreife; Tresor liegt indessen zusammengerollt auf dem Heu und winselt leise; seine Wunden schmerzen ihn. Ich will Ihnen auch sagen, was mich am Schlafen hinderte, Sie werden es wohl kaum glauben: der Mond! Er steht so rund, groß, gelb und flach gerade vor mir, und starrt mich an, bei Gott! So frech und zudringlich starrt er mich an … Schließlich zeigte ich ihm sogar die Zunge. Was bist du so neugierig? – denke ich mir. Wenn ich mich von ihm abwende, kriecht er mir ins Ohr, bestrahlt mir den Nacken, übergießt mich wie ein Regen; und wenn ich die Augen öffne, ist es noch ärger: jedes Hälmchen, jedes unnütze Ästchen im Heu, jedes noch so unbedeutende Spinngewebe beleuchtet er so grell, so unverschämt: sieh dir nur alles recht genau an! Es ist nichts zu machen; ich stütze mich auf einen Ellenbogen und fange an zu sehen. Ich kann auch nicht anders: meine Augen sind plötzlich wie die eines Hasen, sie sind so weit aufgerissen, wollen beinahe aus dem Kopfe herausspringen; sie sind so unheimlich wach, als ob sie gar nicht wüßten, was Schlaf heißt. Ich glaube, ich hätte mit den Augen alles verschlingen können. Das Tor steht weit offen, an die fünf Werst weit kann ich im Felde alles sehen: so unheimlich deutlich und zugleich undeutlich, wie es immer in einer Mondscheinnacht ist. So sehe ich, und sehe, und blinzle nicht mal mit den Augen … Und plötzlich kommt es mir vor, als ob sich in weiter Ferne etwas regte. Es vergeht einige Zeit, wieder huscht ein Schatten vorbei, diesmal etwas näher; und dann noch einmal und wieder näher. Was kann das sein? Vielleicht ein Hase? Nein, es scheint größer als ein Hase zu sein, auch springt ein Hase ganz anders. Ich sehe: der Schatten zeigt sich wieder und huscht schon als dunkler Fleck über die Viehweide – die Viehweide liegt aber im Mondlichte ganz weiß da. Es ist ja klar: ein Tier, ein Fuchs oder ein Wolf. Das Herz steht mir still … doch was soll ich mich fürchten? Es treibt sich doch immer allerlei Getier nachts im Feld umher. Die Neugierde ist aber größer als die Furcht; ich stehe auf, starre hinaus, und auf einmal überläuft es mich ganz kalt; ich erstarre, als ob man mich bis über die Ohren in Eis gesteckt hätte; doch warum? Das weiß Gott allein! Und ich sehe: der Schatten wird immer größer und wächst und rückt gerade auf meinen Schuppen los … Und ich sehe ganz genau, daß es ein großes Tier mit dickem Kopf ist … Es saust daher wie ein Wirbelwind, wie eine Flintenkugel … Du lieber Himmel! Was mag das sein? Das Tier bleibt auf einmal stehen, als ob es etwas witterte … Das ist ja … der tolle Hund von heute früh! Er ist es, er ist es! Gott! Und ich kann mich weder rühren, noch schreien … Der Hund springt in den Schuppen, seine Augen funkeln, und er stürzt heulend gerade auf mich los!

Aber da kommt schon aus dem Heu mein Tresor wie ein Löwe heraus; ja das tut er! Rachen an Rachen beißen sich die beiden ineinander fest und stürzen wie ein Knäuel zu Boden! Was weiter geschah, weiß ich nicht, denn ich sprang, wie ich war, über sie weg, und aus dem Schuppen heraus, und in den Garten, und nach Hause in mein Schlafzimmer! … Ich muß gestehen, daß ich mich beinahe unters Bett verkroch. Aber was für Sätze, was für Pas führte ich im Garten aus! Ich glaube, die erste Tänzerin, die vor Kaiser Napoleon an seinem Namenstage tanzt, auch die hätte es nicht besser machen können. Als ich jedoch einigermaßen zur Besinnung gekommen war, brachte ich gleich das ganze Haus auf die Beine; ich befahl allen, sich zu bewaffnen und nahm selbst einen Säbel und einen Revolver. (Ich hatte mir diesen Revolver, offen gestanden, gleich nach der Aufhebung der Leibeigenschaft gekauft; wissen Sie, für jeden Fall; nur hatte ich ein ganz miserables Ding erwischt: von drei Schüssen versagten mindestens zwei.) Ich nahm also das alles und begab mich mit einer ganzen Schar, mit Knüppeln und Laternen bewaffnet zum Schuppen. Wir kommen an, rufen, – nichts zu hören; schließlich gehen wir in den Schuppen. Und was sehen wir? Mein armer Tresor liegt tot mit durchbissener Kehle – und der andere, der Verdammte, ist längst verschwunden!

Da brüllte ich, meine Herren, wie ein Kalb und ich schäme mich nicht zu bekennen: ich fiel über meinen sozusagen zweifachen Retter und liebkoste lange seinen Kopf. Und ich blieb in dieser Stellung so lange, bis mich meine alte Haushälterin Praskowja wieder zur Besinnung brachte (sie war mit den andern auf den Lärm herbeigeeilt). – ›Wie können Sie sich nur, Profirij Kapitonowitsch‹, sagte sie, ›wegen eines Hundes so grämen? Sie werden sich noch erkälten, Gott bewahre! (Ich war auch in der Tat sehr leicht gekleidet). Und wenn dieser Hund, als er Sie rettete, sein eigenes Leben ließ, so ist das für ihn eine große Gnade und Ehre!‹

Obwohl ich Praskowja nicht beistimmen konnte, begab ich mich doch nach Hause. Der tolle Hund wurde aber am nächsten Tage von einem Soldaten erschossen … So ein Ende war ihm wohl vorausbestimmt: der Soldat hatte zum ersten Male in seinem Leben aus einem Gewehre geschossen, obwohl er eine Medaille für das Jahr 1812 besaß. Also so eine übernatürliche Begebenheit hat sich mit mir zugetragen.«

Der Erzähler schwieg und begann sich eine Pfeife zu stopfen. Wir sahen aber einander ganz verdutzt an. – »Vielleicht führen Sie ein besonders gottgefälliges Leben«, begann Herr Finoplentow, »und zur Belohnung …« Doch bei diesem Worte blieb er stecken, denn er sah, daß Porfirij Kapitonowitsch seine Backen aufblies, rot wurde und mit den Augen zwinkerte, wie einer, der sofort in schallendes Gelächter ausbrechen wird …

»Wenn man aber die Möglichkeit des Übernatürlichen, die Möglichkeit seines Hineinspielens in das sogenannte wirkliche Leben zugeben soll«, begann wieder Anton Stepanowitsch, »welche Rolle soll dann noch der gesunde Menschenverstand spielen?«

Niemand von uns wußte darauf etwas zu erwidern, und wir verblieben im Zustande völliger Ratlosigkeit.

Das Lied der triumphierenden Liebe

MDXLII.

Dem Andenken Gustave Flauberts.

Wage du zu irren und zu träumen.

Schiller.

Folgendes las ich in einer alten italienischen Handschrift:

1.

Um die Mitte des XVI. Jahrhunderts lebten in Ferrara – (das damals unter dem Szepter seiner prachtliebenden Herzöge, der Beschützer der Künste und der Poesie, in hoher Blüte stand) – zwei junge Männer, mit Namen Fabius und Mutius. Gleich an Alter, nahe miteinander verwandt, waren sie fast immer unzertrennlich; eine innige Freundschaft verband sie seit frühester Jugend … Dieses Band war auch durch die Ähnlichkeit ihrer Lebensschicksale gefestigt. Beide gehörten alten Geschlechtern an; beide waren reich, unabhängig und ohne Familie; auch hatten sie gleichen Geschmack und verwandte Neigungen. Mutius beschäftigte sich mit Musik, und Fabius mit Malerei. Ganz Ferrara war stolz auf sie, als auf den schönsten Schmuck des Hofes, der Gesellschaft und der Stadt. In ihrem Äußeren waren sie aber unähnlich, obwohl sie sich beide durch schlanke, jugendliche Schönheit auszeichneten: Fabius war etwas größer von Gestalt und hatte ein zartes, weißes Gesicht, blonde Haare und blaue Augen; Mutius dagegen hatte ein braunes Gesicht, schwarze Haare, und in seinen dunkelbraunen Augen lag nicht jener heitere Glanz, und auf seinen Lippen nicht jenes freundliche Lächeln wie bei Fabius; seine dichten Brauen hingen beinahe auf die schmalen Lider herab, während Fabius' goldblonde Brauen in feinen Halbkreisen auf der reinen, glatten Stirne lagen. Auch war Mutius im Gespräch weniger lebhaft; trotz alledem hatten beide Freunde bei Damen den gleichen Erfolg, denn nicht umsonst waren sie Muster ritterlicher Dienstfertigkeit und Freigebigkeit.

Um die gleiche Zeit lebte zu Ferrara eine Edeljungfrau, mit Namen Valeria. Sie galt als eine der ersten Schönheiten der Stadt, obgleich man sie nur selten zu Gesicht bekam: sie lebte sehr zurückgezogen und verließ das Haus nur um in die Kirche, und höchstens noch an großen Feiertagen auf die Promenade zu gehen. Sie lebte mit ihrer Mutter, einer adeligen, doch wenig bemittelten Witwe, deren einziges Kind sie war. Valeria flößte einem jedem, der ihr begegnete, das Gefühl unwillkürlicher Bewunderung und einer ebenso unwillkürlichen, zarten Achtung ein: so bescheiden gab sie sich, so wenig schien sie sich selbst der Macht ihrer Reize bewußt zu sein. Manche fanden sie freilich etwas blaß; der Blick ihrer Augen, die sie fast immer gesenkt hielt, drückte eine gewisse Schüchternheit und sogar Furchtsamkeit aus; ihre Lippen lächelten selten und dann auch nur kaum wahrnehmbar; ihre Stimme hatte selten jemand gehört. Aber es ging das Gerücht, daß diese Stimme sehr schön sei, und daß sie manchmal in ihrer verschlossenen Kammer, früh morgens, wo noch die ganze Stadt schlief, alte Lieder sänge und sich selbst auf der Laute begleite. Trotz ihres blassen Aussehens erfreute sich Valeria einer blühenden Gesundheit, und selbst alte Leute, welche sie sahen, sagten sich unwillkürlich: »O wie glücklich wird der Jüngling sein, für den sich diese unberührte jungfräuliche Knospe dereinst zur Blüte entfalten wird!«

2.

Fabius und Mutius erblickten Valeria zum ersten Male bei einem prächtigen Volksfeste, das auf Befehl des Herzogs Ercole von Ferrara, eines Sohnes der berühmten Lucretia Borgia, zu Ehren der Würdenträger gegeben wurde, die aus Paris auf Einladung der Herzogin, einer Tochter des Königs Ludwig XII. von Frankreich, eingetroffen waren. Valeria saß neben ihrer Mutter in der Mitte einer schönen Tribüne, die nach dem Entwurf Palladios auf dem Hauptplatze von Ferrara für die vornehmsten Damen der Stadt errichtet war. Beide Jünglinge, Fabius und Mutius, verliebten sich am gleichen Tage leidenschaftlich in das Mädchen; und da sie vor einander nichts zu verheimlichen pflegten, erfuhr ein jeder von ihnen sehr bald, was das Herz des andern erfüllte. Sie einigten sich, daß ein jeder von ihnen versuchen werde, sich Valeria zu nähern, und wenn sie einem von ihnen den Vorzug geben sollte, werde sich der andere widerspruchslos ihrer Entscheidung unterwerfen müssen. Nach einigen Wochen gelang es den beiden, dank dem guten Rufe, den sie mit Recht genossen, Einlaß in das sonst schwer zugängliche Haus der Witwe zu erlangen; sie erlaubte ihnen, sie zu besuchen. Nun hatten sie fast täglich Gelegenheit, Valeria zu sehen und mit ihr zu sprechen; und mit jedem Tage loderte das in den Herzen der beiden Jünglinge entzündete Feuer heftiger empor; Valeria schien indessen keinem von ihnen den Vorzug zu geben, obgleich sie an diesen Besuchen offenbar Gefallen hatte. Mit Mutius trieb sie Musik, unterhielt sich aber lieber mit Fabius, in dessen Gesellschaft sie viel unbefangener war. Endlich sandten die Jünglinge, um sich Gewißheit über ihr Los zu verschaffen, Valeria einen Brief mit der Bitte, sie möchte sich ihnen selbst erklären und sagen, wem sie ihre Hand geben wolle. Valeria zeigte diesen Brief der Mutter und erklärte ihr, daß sie bereit sei, Jungfrau zu bleiben; wenn aber die Mutter meine, daß es für sie Zeit sei, in die Ehe zu treten, so wolle sie den heiraten, den ihr die Mutter bestimmen würde. Die ehrsame Witwe vergoß einige Tränen bei dem Gedanken an die Trennung von dem geliebten Kinde; sie hatte jedoch keinen Grund, die Freier abzuweisen: einen jeden von ihnen hielt sie für gleich wert, die Hand ihrer Tochter zu erlangen. Doch da sie in der Tiefe ihrer Seele Fabius vorzog und ahnte, daß er auch Valeria mehr zusagte, wies sie auf ihn. Fabius erfuhr schon am nächsten Tage von seinem Glück; und Mutius blieb nichts anderes übrig, als sein Wort zu halten und sich zu fügen.

Das tat er auch; aber Zeuge des Triumphes seines Freundes und Rivalen zu sein, – ging über seine Kraft. Er verkaufte sofort den größeren Teil seines Besitzes und begab sich mit den paar tausend Dukaten, die er dafür bekam, auf eine weite Reise nach dem Morgenlande. Beim Abschied versprach er Fabius, nicht eher zurückzukommen, als bis er fühlen werde, daß die letzten Spuren der Leidenschaft in ihm erloschen wären. Es fiel Fabius schwer, sich von dem Freunde seiner Kindheit und seiner Jugend zu trennen … doch die freudige Erwartung einer nahen Seligkeit ließ alle anderen Gefühle verstummen, und er überließ sich ganz den Wonnen seiner vom Erfolg gekrönten Liebe.

Bald darauf ging er die Ehe mit Valeria ein und erst da erkannte er den ganzen Wert des Schatzes, den er gewonnen hatte. Er besaß eine schöne Villa, in einem schattigen Garten gelegen, in nicht allzugroßer Entfernung von Ferrara; in diese Villa zog er mit seiner Gattin und ihrer Mutter. Eine selige Zeit brach für die beiden an. Valeria zeigte in der Ehe alle ihre Vorzüge und Reize in einem neuen, bezaubernden Lichte; Fabius entwickelte sich aber zu einem bedeutenden Maler: er war nicht mehr einfacher Dilettant, sondern ein Meister. Die Mutter Valerias weidete sich am Glück des jungen Paares und dankte Gott. Vier Jahre zogen dahin so schnell und unbemerkt wie ein seliger Traum. Nur eins fehlte den jungen Gatten, sie hatten nur den einen Kummer: der Himmel gab ihnen keine Kinder … aber die Hoffnung verließ sie nicht. Am Ende des vierten Jahres erfuhren sie ein großes, diesmal wirkliches Unglück: nach kurzer Krankheit starb die Mutter Valerias.

Valeria vergoß viele Tränen und konnte sich lange nicht in den Verlust finden. Aber es verging noch ein Jahr, das Leben trat wieder in seine Rechte, und alles kam in das frühere Geleise. Und da, an einem schönen Sommerabend, kehrte nach Ferrara, ohne jemand benachrichtigt zu haben, Mutius zurück.

3.

In den ganzen fünf Jahren, die er abwesend war, hatte niemand etwas von ihm gehört; alle Gerüchte über ihn waren verstummt, als ob er ganz vom Erdboden verschwunden wäre. Als Fabius seinem Freund in einer der Straßen von Ferrara begegnete, schrie er beinahe laut auf, – zuerst vor Erstaunen und dann vor Freude. Er lud ihn sogleich nach seiner Villa ein. In seinem Garten hatte er einen abgesonderten, geräumigen Pavillon, und er schlug dem Freunde vor, in diesen Pavillon zu ziehen. Mutius ging gern darauf ein und siedelte noch am gleichen Tage in Begleitung seines stummen, malaiischen Dieners dahin über. Der Malaie war stumm doch nicht taub und sogar, nach der Lebendigkeit seines Blickes zu schließen, sehr aufgeweckt und verständig … Man hatte ihm einst die Zunge herausgeschnitten. Mutius brachte zahlreiche Koffer mit, angefüllt mit den verschiedenartigsten Kostbarkeiten, die er auf seinen langen Reisen gesammelt hatte. Auch Valeria freute sich über die Rückkehr des Mutius; er begrüßte sie freundschaftlich heiter, doch ruhig, und man konnte nach seinem ganzen Gebaren schließen, daß er seinem Freund Fabius das Wort gehalten hatte. Im Laufe des ersten Tages richtete er sich in seinem Pavillon ein und packte mit Hilfe des Malaien die mitgebrachten Schätze aus: Teppiche, seidene Stoffe, Gewänder aus Samt und Brokat, Waffen, Schalen, Schüsseln und Becher, verziert mit Email, Gegenstände aus Gold und

Silber, geschmückt mit Perlen und Türkisen, geschnitzte Kästchen aus Bernstein und Elfenbein, geschliffene Flaschen, Gewürze und Räucherwerk, Tierfelle, Federn unbekannter Vögel und eine Menge anderer Sachen, deren Gebrauch sogar geheimnisvoll und unbegreiflich erschien. Unter allen diesen Kostbarkeiten war auch ein reiches Perlenhalsband, das Mutius vom persischen Schah für einen gewissen großen und geheimen Dienst erhalten hatte; er bat Valeria um Erlaubnis, ihr dieses Perlenhalsband eigenhändig um den Hals legen zu dürfen: es erschien ihr ungewöhnlich schwer und mit einer seltsamen Wärme behaftet … es schmiegte sich auch sofort fest an ihre Haut. Am Abend nach der Mahlzeit saßen sie alle auf der Terrasse der Villa im Schatten der Oleander und Lorbeeren, und Mutius begann seine Erlebnisse zu schildern. Er erzählte von den fernen Ländern, die er besucht, von Bergen, die über die Wolken hinaufragen, von Flüssen, groß und mächtig wie Meere; er sprach von riesenhaften Gebäuden und Tempeln, von tausendjährigen Bäumen, von in allen Farben des Regenbogens schillernden Blumen und Vögeln, er nannte die Namen der Städte und Völker, die er besucht hatte … schon diese Namen klangen wie Märchen. Mutius kannte den ganzen Orient: er hatte Persien durchreist und Arabien, wo die Pferde schöner und edler sind als alle anderen Geschöpfe; war in die Tiefe Indiens eingedrungen, wo die Menschen herrlichen Gewächsen gleichen; hatte die Grenzen Chinas und Tibets erreicht, wo ein Gott, namens Dalai-Lama in Gestalt eines schweigsamen Mannes mit Schlitzaugen leibhaftig auf Erden wohnt. Wunderbar waren seine Erzählungen! Fabius und Valeria hörten ihm wie bezaubert zu. Mutius hatte sich äußerlich wenig verändert: sein von Kindheit an braunes Gesicht war nur noch etwas dunkler geworden, versengt von den Strahlen einer heißeren Sonne, und die Augen schienen etwas tiefer als früher; das war auch alles. Sein Gesichtsausdruck war aber ein anderer geworden: er schien in sich gekehrt, ernst, und belebte sich auch dann nicht, wenn er von den Gefahren sprach, die er bestanden, nachts in Wäldern, wo Tiger heulten, oder am Tage, auf einsamen Wegen, wo Fanatiker auf die Reisenden lauerten, um sie zu Ehren einer eisernen Göttin, die nach Menschenopfern verlangt, zu erdrosseln. Auch die Stimme Mutius' war dumpfer und eintöniger geworden; die Bewegungen seiner Arme und des ganzen Körpers hatten jene Freiheit und Ungezwungenheit verloren, die sonst den Italienern eigen ist. Mit Hilfe seines Dieners, des unterwürfigen und flinken Malaien, zeigte er seinen

Freunden einige Kunststücke, die er von den indischen Brahminen gelernt hatte. So versteckte er sich z. B. hinter einem Vorhange und erschien plötzlich mit untergeschlagenen Beinen frei in der Luft schwebend, wobei er sich nur leicht mit den Fingerspitzen auf ein senkrecht aufgestelltes Bambusrohr stützte, was Fabius in großes Erstaunen setzte und Valeria sogar erschreckte … – »Ist er wohl gar mit bösen Mächten im Bunde?« dachte sie. – Als er aber mit den Tönen einer kleinen Flöte aus einem geschlossenen Korbe zahme Schlangen hervorzulocken begann und als die Schlangen, ihre Stacheln bewegend, die dunklen, platten Köpfe unter der bunten Decke hervorsteckten, geriet Valeria in Entsetzen und bat Mutius, diese ekelhaften Geschöpfe so schnell wie möglich zu verstecken. Beim Nachtmahl traktierte Mutius seine Freunde mit Schiras-Wein aus einer langhalsigen bauchigen Flasche; der ungewöhnlich aromatische und dicke Wein war von goldener Farbe und schillerte grünlich und geheimnisvoll in den kleinen Schalen aus Jaspis, in die er ihn einschenkte. Sein Geschmack war von dem der europäischen Weine verschieden: er war sehr süß und würzig, und wirkte, wenn man ihn langsam in kleinen Zügen trank, angenehm einschläfernd auf alle Glieder. Mutius nötigte Fabius und Valeria davon zu trinken und trank auch selbst. Er beugte sich über Valerias Schale und flüsterte etwas, wobei er die Finger eigentümlich bewegte. Valeria bemerkte es; da ihr aber die Manieren Mutius' und sein ganzes Auftreten auch ohnehin fremd und sonderbar vorkamen, dachte sie nur: »Hat er vielleicht in Indien irgend einen fremden Glauben angenommen? Oder herrschen dort solche Gebräuche?« – Nach kurzem Schweigen fragte sie ihn, ob er auch während seiner Reise Musik getrieben habe. Als Antwort ließ er sich von seinem Malaien seine indische Geige bringen. Sie glich den hiesigen, nur hatte sie statt der vier Saiten drei; sie war mit bläulicher Schlangenhaut überzogen, und der dünne Bogen aus Rohr war zu einem Halbkreis geschwungen und trug an seinem Ende einen spitzgeschliffenen funkelnden Diamanten.

Mutius spielte zunächst einige traurige, wie er behauptete, volkstümliche Lieder, die für ein italienisches Ohr seltsam und sogar wild klangen; die metallenen Saiten tönten klagend und schwach. Als aber Mutius ein neues Lied anstimmte, wurde der Ton plötzlich stark und klangvoll; der Bogen, den er sehr breit führte, zauberte eine leidenschaftliche Melodie hervor, sie glitt anmutig dahin, wie jene Schlange, deren Haut die Geige bedeckte; und die Melodie leuchtete und glühte in solchem

Feuer, in solchem triumphierenden Jubel, daß es Fabius und Valeria ganz unheimlich zumute wurde, und ihnen Tränen in die Augen traten … während Mutius, mit gebeugtem, an die Geige gedrücktem Kopf, mit blassen Wangen und zu einem Strich zusammengezogenen Brauen noch ernster, noch mehr in sich gekehrt erschien, und der Diamant an der Spitze des Bogens im Hin- und Hergehen blendende Funken um sich warf, gleichsam vom Feuer des wunderbaren Liedes entzündet. Als Mutius geendet hatte, hielt er die Geige noch immer zwischen Kinn und Schultern gedrückt, ließ aber die Hand mit dem Bogen sinken. – »Was ist das? Was hast du uns gespielt?« rief Fabius. – Valeria sprach kein Wort, schien aber mit ihrem ganzen Wesen die Frage ihres Mannes zu wiederholen. Mutius legte die Geige auf den Tisch, schüttelte leicht das Haar und sagte höflich lächelnd: »Das? Diese Weise … dieses Lied hörte ich einmal auf der Insel Ceylon. Es heißt dort im Volke das Lied der glücklichen, befriedigten Liebe.« – »Spiele es noch einmal«, flüsterte Fabius. – »Nein; ich darf es nicht wiederholen«, entgegnete Mutius. »Auch ist es zu spät. Signora Valeria bedarf der Ruhe und auch ich muß gehen … ich bin so müde.« Im Laufe dieses ganzen Tages hatte sich Mutius im Verkehr mit Valeria höflich und einfach, wie ein alter Freund benommen; beim Abschied drückte er ihr aber auffallend fest die Hand, wobei er seine Finger auf ihre Handfläche preßte, und blickte ihr so unverwandt ins Gesicht, daß sie, obwohl sie die Augenlider gesenkt hatte, diesen Blick auf ihren plötzlich erglühenden Wangen spürte. Sie sagte nichts zu Mutius, riß aber ihre Hand aus der seinigen los, und als er gegangen war, warf sie noch einen Blick auf die Türe, durch die er sich entfernt hatte. Es fiel ihr ein, daß sie auch in den früheren Jahren vor ihm eine gewisse Furcht gehabt hatte … nun war sie ganz verwirrt. Mutius begab sich nach seinem Pavillon, und die Gatten zogen sich in ihr Schlafgemach zurück.

4.

Valeria konnte lange nicht einschlafen; ihr Blut wogte langsam und matt, und in ihrem Kopfe sang es ganz leise … Es kam vom seltsamen Wein, meinte sie, vielleicht auch von den Erzählungen des Mutius, oder von seinem Geigenspiel … Erst beim Morgengrauen schlief sie ein und hatte einen wunderbaren Traum.

Es war ihr, als träte sie in ein geräumiges Zimmer mit niedriger gewölbter Decke … Ein solches Zimmer hatte sie noch nie im Leben gesehen. Alle Wände waren mit kleinen blauen, mit goldenem Blumenmuster verzierten Kacheln bekleidet; schlanke Säulen von geschnitztem Alabaster stützten die Marmordecke; die Decke und die Säulen waren wie durchsichtig … bleiches rosiges Licht drang von allen Seiten in den Raum und übergoß geheimnisvoll und gleichmäßig alle Gegenstände; in der Mitte des spiegelglatten Fußbodens lagen auf einem schmalen Teppich Kissen aus Brokat. In den Ecken rauchten kaum wahrnehmbar große Räucherbecken in Form von Märchenungeheuern; es gab hier keine Fenster; in einer Wandnische dunkelte stumm eine mit einem Samtvorhang verhängte Tür. Und plötzlich gleitet dieser Vorhang langsam zur Seite … und an der Schwelle erscheint Mutius. Er verbeugt sich vor ihr, öffnet die Arme, lacht … Seine harten Arme umschlingen roh Valerias Oberkörper, seine trockenen Lippen versengen sie am ganzen Leibe … Sie sinkt zurück auf die Polster …

Valeria stöhnt vor Schreck auf, macht verzweifelte Anstrengungen und erwacht. Ohne noch zu begreifen, wo sie ist und was mit ihr geschehen, richtet sie sich im Bette auf und blickt sich ganz bestürzt um … Sie bebt am ganzen Körper … Fabius liegt an ihrer Seite. Er schläft; doch sein Gesicht scheint im Lichte des runden und hellen Vollmondes, der durchs Fenster hereinblickt, bleich wie bei einem Toten … es ist trauriger als das Gesicht eines Toten. Valeria weckt ihren Mann, und als er sie erblickt, ruft er aus: »Was hast du?« – »Ich hatte … ich hatte einen schrecklichen Traum«, flüstert sie, noch immer am ganzen Leibe bebend …

Aber in diesem Augenblick erklangen vom Pavillon her laute seltsame Töne, und beide, Fabius wie Valeria, erkannten die Melodie, die ihnen Mutius vorgespielt und die er das Lied der befriedigten, triumphierenden Liebe genannt hatte. – Fabius blickte verlegen auf Valeria … sie schloß die Augen, wandte sich ab, – und beide lauschten mit verhaltenem Atem dem Liede bis zu Ende. Als der letzte Ton erstorben war, versteckte sich der Mond hinter einer Wolke, und im Zimmer wurde es plötzlich dunkel … Beide Gatten ließen ihre Köpfe auf die Polster sinken, ohne ein Wort zu wechseln – und keiner von den beiden merkte, wann der andere einschlief.

5.

Am nächsten Morgen kam Mutius zum Frühstück; er schien zufrieden und begrüßte Valeria sehr heiter. Sie erwiderte den Gruß ganz verwirrt, sie blickte ihn flüchtig an und erschrak vor seinem zufriedenen, heiteren Gesicht, vor seinen durchdringenden, fragenden Augen. Mutius begann wieder etwas zu erzählen, Fabius unterbrach ihn aber beim ersten Wort.

»Du hast wohl am neuen Orte nicht einschlafen können? Wir beide hörten, wie du das gestrige Lied spieltest.«

»Ja? Habt ihr es gehört?« sagte Mutius. »Ich habe es wirklich gespielt; vorher hatte ich aber geschlafen und sogar einen wunderbaren Traum gehabt.«

Valeria horchte auf. »Was für einen Traum?« fragte Fabius.

»Es war mir«, antwortete Mutius, indem er unverwandt auf Valeria blickte, »es war mir, als ob ich in ein geräumiges Zimmer träte; es hatte eine gewölbte Decke und war in orientalischem Geschmack ausgestattet. Geschnitzte Säulen trugen die Decke, die Wände waren mit Kacheln bekleidet, und obwohl es weder Fenster noch Kerzen gab, war das ganze Zimmer von einem rosigen Lichtschein erfüllt, als ob seine Wände aus durchsichtigen Steinen zusammengefügt wären. In den Ecken standen chinesische Räucherbecken, auf dem Boden lagen auf einem schmalen Teppich Brokatkissen. Ich betrat den Raum durch eine verhängte Türe und aus einer anderen Türe, gegenüber, erschien eine Frau, die ich einst geliebt hatte. Und sie erschien mir so schön, daß ich wieder in Liebe zu ihr entbrannte wie früher …«

Mutius schwieg bedeutungsvoll. Valeria saß unbeweglich, wurde immer bleicher und atmete immer tiefer.

»Da erwachte ich«, fuhr Mutius fort, »und spielte jenes Lied.«

»Wer war sie?« fragte Fabius.

»Wer sie war? Die Frau eines Indiers. Ich hatte sie in der Stadt Delhi kennen gelernt … Sie ist nicht mehr am Leben … sie ist gestorben.«

»Und der Gatte?« fragte Fabius, ohne selbst zu wissen, warum.

»Auch der Gatte soll tot sein. Ich habe die beiden bald aus dem Gesicht verloren.«

»Seltsam!« bemerkte Fabius. »Auch meine Frau will diese Nacht einen sonderbaren Traum gehabt haben (Mutius blickte unverwandt auf Valeria), den sie mir nicht erzählt hat«, fügte Fabius hinzu.

In diesem Augenblick stand aber Valeria auf und verließ das Zimmer. – Auch Mutius ging gleich nach dem Frühstück fort und erklärte, daß er in Geschäften nach Ferrara müsse und vor Abend nicht zurückkehren werde.

6.

Einige Wochen vor der Rückkehr des Mutius hatte Fabius das Bildnis seiner Frau begonnen; es stellte sie mit den Attributen der heiligen Cäcilie dar. – Er hatte in seiner Kunst große Fortschritte gemacht; der berühmte Luini, ein Schüler Leonardo da Vincis, hatte ihn in Ferrara besucht und ihm neben eigenen Ratschlägen auch einige Lehren seines großen Meisters mitgeteilt. Das Bildnis war fast fertig; Fabius hatte nur noch mit wenigen Strichen das Gesicht zu vollenden; er durfte auf sein Werk mit Recht stolz sein. – Nachdem er Mutius nach Ferrara hatte ziehen lassen, begab er sich in seine Werkstatt, wo ihn Valeria zu erwarten pflegte; diesmal fand er sie aber nicht vor; er rief sie, und sie antwortete nicht. Fabius fühlte sich von einer geheimen Unruhe erfaßt und begann sie zu suchen. Im Hause war sie nicht; Fabius lief in den Garten und fand schließlich Valeria in einer der entlegensten Alleen. Den Kopf auf die Brust gesenkt, die Hände auf den Knien gekreuzt, so saß sie auf einer Bank, und hinter ihr hob sich vom dunklen Grün einer Zypresse ein marmorner Satyr ab, der schadenfroh grinste und an den gespitzten Lippen eine Flöte hielt. Valeria freute sich sichtlich über das Erscheinen des Gatten und antwortete auf seine unruhigen Fragen, daß sie etwas Kopfweh habe, daß dies aber nichts weiter bedeute und daß sie bereit sei, ihm zu sitzen. Fabius geleitete sie in die Werkstatt, setzte sie auf den gewohnten Platz und ergriff den Pinsel; doch zu seinem großen Verdruß wollte ihm das Gesicht nicht gelingen, so wie er es gewollt hatte. Und nicht etwa, weil es blaß und ermattet erschien … nein; aber jenen reinen, heiligen Ausdruck, der ihm an ihr so gut gefiel und der ihn auf den Gedanken gebracht hatte, seine Gattin als die heilige Cäcilie darzustellen, – diesen Ausdruck fand er heute nicht. Schließlich warf er den Pinsel fort, sagte Valeria, daß er heute nicht in der Stimmung sei und daß es auch ihr guttun würde, sich hinzulegen, da sie nicht ganz wohl zu sein scheine, und stellte die Staffelei mit dem Bilde zur Wand. Valeria stimmte ihm zu, daß sie ausruhen müsse, klagte noch einmal über Kopfweh und zog sich in ihr Schlafgemach zurück. Fabius blieb in der Werkstatt. Er fühlte eine sonderbare Erregung, die er gar nicht begreifen konnte. Die Anwesenheit Mutius' unter seinem Dache, die er selbst heraufbeschworen hatte, war ihm auf einmal lästig. Es war nicht Eifersucht ... wie hätte er auch auf Valeria eifersüchtig sein können! – er erkannte aber in Mutius nicht mehr den früheren Freund. All das Fremde, Unbekannte, Neue, was Mutius aus den fernen Ländern mitgebracht hatte und was ihm in Fleisch und Blut übergegangen zu sein schien – alle diese magischen Kunstgriffe, Lieder, seltsamen Getränke, dieser stumme Malaie, und selbst der scharfe würzige Duft, den die Kleider Mutius', sein Haar und sein Atem ausströmten, – all das flößte Fabius ein Gefühl ein, welches dem Mißtrauen, vielleicht sogar der Furcht ähnlich war. Warum starrte dieser Malaie, wenn er bei Tisch bediente, ihn, Fabius so unangenehm und unverwandt an? Man konnte wirklich meinen, er verstände italienisch. Mutius behauptete von ihm, daß er, indem er sich die Zunge herausschneiden ließ, ein großes Opfer gebracht habe, wofür er aber jetzt über eine große geheime Kraft verfüge. – Was war das für eine Kraft? Und wie hat er sie um den Preis seiner Zunge erlangen können? Das alles war ja so seltsam, so unbegreiflich! – Fabius ging zu seiner Frau ins Schlafzimmer. Sie lag angekleidet auf dem Bett, schlief aber nicht. Als sie seine Schritte hörte, fuhr sie zusammen, war aber dann über sein Kommen ebenso erfreut wie vorhin im Garten. Fabius setzte sich zu ihr ans Bett, ergriff Valerias Hand und fragte sie nach kurzem Schweigen, welch einen ungewöhnlichen Traum sie heute Nacht gehabt und warum er sie so erschreckt habe. Ob er in der Art jenes Traumes gewesen sei, von dem Mutius erzählt habe? – Valeria errötete und erwiderte: »O nein, nein! Ich sah ... ein Ungeheuer, das mich zerreißen wollte.« – »Ein Ungeheuer? In Menschengestalt?« fragte Fabius. – »Nein, in Gestalt eines Tieres ... eines Tieres!« – Und Valeria wandte sich ab und verbarg ihr glühendes Gesicht in den Kissen. Fabius hielt noch eine Weile die Hand seiner Frau in der seinigen fest, führte sie dann schweigend an seine Lippen und verließ das Schlafgemach.

Beide Gatten hatten an diesem Tage wenig Freude. Etwas Finsteres schien über ihnen zu lasten ... aber was es war, wußten sie nicht zu sagen. Sie hatten das Bedürfnis, beieinander zu sein, als ob ihnen eine Gefahr drohte; – sie wußten aber nicht, was sie einander sagen könnten. Fabius versuchte wieder am Bilde zu arbeiten; dann nahm er wieder

Ariost vor, dessen Gedicht erst vor kurzem in Ferrara erschienen und schon in ganz Italien berühmt war; es wollte ihm aber nichts gelingen … Spät am Abend, gerade zum Nachtmahl, kehrte Mutius zurück.

7.

Er schien ruhig und zufrieden, erzählte aber sehr wenig; umsomehr Fragen richtete er an Fabius: über die früheren gemeinsamen Bekannten, den deutschen Feldzug, über Kaiser Karl; er sprach auch von seinem Wunsch, nach Rom zu gehen, um den neuen Papst zu sehen. Er bot Valeria wieder den Schiras-Wein an; und als sie ablehnte, murmelte er wie vor sich hin: »Jetzt ist es nicht mehr nötig.« – Die Gatten begaben sich nach dem Nachtmahl in ihr Schlafgemach, und Fabius schlief rasch ein … Als er aber nach einer Stunde erwachte, sah er, daß niemand sein Lager teilte: Valeria lag nicht an seiner Seite. Er stand rasch auf und sah im gleichen Augenblick, wie seine Frau im Nachtgewande aus dem Garten ins Zimmer zurückkehrte. – Obwohl es kurz vorher geregnet hatte, schien der Mond hell am heiteren Himmel. Valeria näherte sich mit geschlossenen Augen und dem Ausdrucke geheimen Grauens auf dem unbeweglichen Gesicht dem Bette, betastete es mit vorgestreckten Armen und legte sich rasch und stumm nieder. Fabius wandte sich an sie mit einer Frage, sie gab ihm aber keine Antwort und schien zu schlafen. Er berührte sie und fühlte an ihrer Kleidung und an ihrem Haar Regentropfen und an den Sohlen ihrer bloßen Füße – Sandkörner. Da sprang er auf und lief durch die halbgeöffnete Türe in den Garten hinaus. Das ungemein grelle Mondlicht lag auf allen Dingen. Fabius blickte sich um und entdeckte auf dem Sande des Weges die Spuren von zwei Paar Füßen, von denen das eine barfuß war; die Spuren führten zu einer Jasminlaube, die etwas abseits zwischen dem Hause und dem Pavillon stand. Er blieb ganz verwirrt stehen – und plötzlich erklangen wieder die Töne des Liedes, das er in der vergangenen Nacht gehört hatte! Fabius zuckte zusammen und eilte in den Pavillon … Mutius stand mitten im Zimmer und spielte auf der Geige. Fabius stürzte auf ihn zu.

»Du warst im Garten, du warst im Freien, deine Kleider sind vom Regen naß!«

»Nein … ich weiß nicht … ich glaube … ich war nicht draußen …«
antwortete Mutius mit sichtbarer Anstrengung, gleichsam verwundert
über das plötzliche Erscheinen Fabius' und dessen Erregung.

Fabius ergreift seine Hand. »Und warum spielst du wieder diese
Weise? Hast du wieder geträumt?«

Mutius blickt Fabius noch immer erstaunt an und schweigt.

»Antworte doch!«

»Kupfern steht des Mondes Schild,
Schlangengleich das Bächlein quillt,
Und der Habicht packt das Wild,
Und des Freundes Stimme schrillt:
Hilf! …«

murmelt Mutius singend, wie im Schlafe.

Fabius taumelte einige Schritte zurück, starrte Mutius an, blieb noch
eine Weile unschlüssig stehen, … und kehrte nach Hause und in sein
Schlafgemach zurück.

Das Haupt auf die Schulter gebeugt und die Arme kraftlos zur Seite
geworfen, schlief Valeria einen schweren Schlaf. Es dauerte einige Zeit,
bis es ihm gelang, sie zu wecken … Als sie ihn erkannte, warf sie sich
an seinen Hals und umarmte ihn krampfhaft; sie bebte am ganzen
Körper. – »Was hast du, meine Liebe, was hast du?« wiederholte Fabius,
indem er sich Mühe gab, sie zu beruhigen. Sie lag aber, noch immer
am ganzen Leibe bebend, an seiner Brust. – »Ach, welch furchtbare
Träume habe ich!« flüsterte sie, sich mit dem Gesicht an ihn schmie-
gend. Fabius wollte sie ausfragen, aber sie begann bei seinem ersten
Worte noch mehr zu zittern …

Die Fensterscheiben röteten sich im ersten Frühlicht, als sie endlich
in seinen Armen einschlummerte.

8.

Am nächsten Tage war Mutius schon am frühen Morgen verschwunden,
und Valeria erklärte dem Gatten, daß sie ein nahes Kloster aufsuchen
wolle, wo ihr Beichtvater, ein alter ehrwürdiger Mönch, zu dem sie
grenzenloses Vertrauen habe, wohnte. Auf die Fragen Fabius' antwortete sie, daß sie ihr Herz, auf dem die ungewöhnlichen Eindrücke der

letzten Tage so schwer lasteten, durch die Beichte erleichtern möchte. Als Fabius sah, wie abgemagert ihr Gesicht war, als er hörte, wie dumpf und müde ihre Stimme klang, billigte er ihren Entschluß: der ehrwürdige Pater Lorenzo könnte ihr mit gutem Rat beistehen und ihre Zweifel zerstreuen … Valeria begab sich unter dem Schutze von vier Begleitern ins Kloster, während Fabius zu Hause blieb. In Erwartung der Rückkehr seiner Frau irrte er im Garten umher und suchte sich, gepeinigt von beständiger Furcht und Zorn und unbestimmtem Verdacht, zu erklären, was mit ihr vorging … Er ging einige Male in den Pavillon, Mutius war aber noch nicht zurückgekehrt, und der Malaie blickte ihn an wie ein Götze, den Kopf ehrfurchtsvoll geneigt, mit einem rätselhaften und, wie es Fabius schien, bedeutungsvollen und unheimlichen Lächeln auf dem bronzenen Gesicht. Valeria erzählte indessen in der Beichte ihrem Seelsorger, weniger von Scham als von Furcht gequält, alles, was sie in den letzten Tagen erlebt hatte. Der Seelsorger hörte ihr aufmerksam zu, gab ihr seinen Segen, erteilte ihr ob der unfreiwilligen Sünde Absolution, dachte aber bei sich selber: »Zauberei, Blendwerk des Teufels … das darf ich nicht so bleiben lassen …« Unter dem Vorwande, sie völlig beruhigen und trösten zu wollen, begab er sich mit Valeria nach ihrer Villa. – Als Fabius den Beichtvater sah, wurde er von neuer Unruhe ergriffen; doch der vielerfahrene Greis hatte sich noch vorher überlegt, was er tun müsse. Als er mit Fabius allein blieb, verriet er ihm zwar das Beichtgeheimnis nicht, gab ihm aber den Rat, den Gast, den er selbst eingeladen hatte und der durch seine Erzählungen, Lieder und sein ganzes Gebaren die Phantasie Valerias verwirrte, wenn es nur irgendmöglich sei, aus seinem Hause zu entfernen. Außerdem, meinte der Greis, sei Mutius auch früher, soviel er sich erinnern könne, nicht sonderlich fest im Glauben gewesen; nachdem er sich aber so lange in fremden Ländern, die noch nicht vom Lichte des Christentums erleuchtet seien, aufgehalten habe, hätte er sich dort leicht mit der Pest der Irrlehren und sogar mit den Geheimnissen der Magier angesteckt haben können. Wenn ihm auch die alte Freundschaft gewisse Rechte gebe, so gebiete ihm doch die kluge Vorsicht, sich von Mutius zu trennen. Fabius stimmte völlig der Ansicht des ehrwürdigen Mönches zu, und sogar Valeria wurde wieder heiter, als der Gatte ihr den Rat des Beichtvaters mitteilte; von den Segenswünschen der beiden begleitet, mit reichen Geschenken für das Kloster und für die Armen beladen, kehrte Pater Lorenzo in sein Kloster zurück.

Fabius wollte gleich nach dem Nachtmahl mit Mutius sprechen, doch der unheimliche Gast war auch zum Nachtmahl noch nicht zurückgekehrt. Daher beschloß Fabius, die Aussprache mit Mutius auf den nächsten Morgen zu verschieben, und beide Gatten begaben sich in ihr Schlafgemach.

9.

Valeria schlief bald ein, aber Fabius konnte lange keine Ruhe finden. In der Stille der Nacht trat ihm alles, was er gesehen und empfunden hatte, noch lebendiger vor Augen; er stellte sich noch hartnäckiger die Fragen, auf die er noch immer keine Antwort finden konnte ... Ob Mutius tatsächlich mit den bösen Mächten im Bunde stehe und ob er Valeria nicht vergiftet habe? – Sie war krank, doch was war ihre Krankheit? – Während er, den Kopf in die Hand gestützt und den heißen Atem anhaltend, sich den bangen Zweifeln überließ, ging am wolkenlosen Himmel wieder der Mond auf; und zugleich mit seinen Strahlen drang durch die halbdurchsichtigen Fensterscheiben, von der Seite des Pavillons her, – oder kam es Fabius nur so vor? – drang ein leichter duftender Hauch ins Zimmer ... da hörte er ein zudringliches, leidenschaftliches Geflüster ... und im gleichen Augenblick sah er, wie Valeria sich auf ihrem Lager leise rührte. Er fährt zusammen und sieht: sie erhebt sich, steckt erst das eine, dann das andere Bein aus dem Bett und geht wie eine Mondsüchtige, die trüben Augen leblos geradeaus gerichtet, die Arme vorgestreckt zur Gartentüre! Fabius stürzt im gleichen Augenblick durch eine andere Türe aus dem Schlafgemach, läuft, so schnell er kann, um die Ecke des Hauses herum und drückt die Türe, die nach dem Garten führt, von außen zu. Kaum hat er aber die Klinke erfaßt, als er merkt, daß jemand die Türe von innen öffnen will, sich gegen sie stemmt, – wieder und wieder – dann hört er ein schmerzvolles Aufstöhnen ...

»Aber Mutius ist ja noch nicht zurückgekehrt«, geht es Fabius durch den Kopf, – und er stürzt zum Pavillon.

Und was sieht er?

Ihm entgegen kommt auf dem vom Mondlicht übergossenen Wege gleichfalls wie ein Mondsüchtiger, gleichfalls die Arme vorgestreckt und die Augen leblos und starr aufgerissen, Mutius ... Fabius eilt ihm entgegen, aber jener sieht ihn nicht, schreitet langsam und gemessen, und sein unbewegliches Gesicht zeigt im Mondlichte das gleiche Lächeln, wie es Fabius beim Malaien wahrgenommen hat. Fabius will ihn beim Namen rufen ... doch im gleichen Augenblicke hört er: hinten im Hause wird ein Fenster geöffnet ... Er blickt zurück ...

Und in der Tat: das Fenster im Schlafzimmer ist ganz heruntergeklappt, und im Fenster steht Valeria, einen Fuß über das Fensterbrett erhoben ... ihre Arme scheinen Mutius zu suchen ... sie strebt mit ihrem ganzen Leibe zu ihm hin ...

Unbeschreibliche Wut erfüllte plötzlich Fabius. – »Verfluchter Zauberer!« schrie er rasend auf, packte Mutius mit der einen Hand an der Kehle, zog mit der anderen den Dolch aus dem Gürtel und stieß ihn bis an den Griff in Mutius' Hüfte.

Mutius schrie durchdringend auf, drückte sich die Hand auf die Wunde und lief stolpernd in seinen Pavillon zurück ... doch im gleichen Augenblick, als Fabius ihn traf, schrie auch Valeria ebenso durchdringend auf und fiel wie vom Blitze getroffen zu Boden.

Fabius eilte zu ihr hin, hob sie auf, trug sie ins Bett und sprach auf sie ein ...

Sie lag lange regungslos; endlich öffnete sie die Augen, holte tief Atem so freudig und tief, wie ein Mensch, der soeben einem unvermeidlichen Tode entronnen ist, erkannte den Gatten, umschlang seinen Hals mit den Armen und schmiegte ihr Haupt an seine Brust. – »Du, du, das bist du!« lallte sie. Allmählich lösten sich ihre Arme, der Kopf fiel zurück, sie flüsterte mit seligem Lächeln: »Gott sei Dank, alles ist vorbei ... Aber ich bin so müde!« und sank in einen festen, doch nicht schweren Schlaf.

10.

Fabius ließ sich an ihrem Lager nieder, blickte unverwandt auf ihr bleiches, abgemagertes, doch schon beruhigtes Antlitz und begann über das Geschehene nachzudenken ... und auch darüber, was er jetzt unternehmen sollte? Was sollte er tun? Wenn er Mutius wirklich getötet hatte, – und wenn er sich erinnerte, wie tief die Klinge des Dolches eingedrungen war, durfte er nicht daran zweifeln, – dann ließe es sich ja doch unmöglich verheimlichen! Er sollte es eigentlich selbst dem Herzog und dem Gericht melden ... doch wie es erklären, wie eine so unbegreifliche Sache erzählen? Er, Fabius, hatte in seinem Hause seinen

Verwandten, seinen besten Freund, ermordet! Gleich wird man ihn fragen: Wofür? Aus welchem Grunde? … Und wenn Mutius doch nicht tot ist? – Fabius konnte diesen Zustand nicht länger ertragen, er mußte sich Gewißheit verschaffen; er überzeugte sich, daß Valeria schlief, erhob sich vorsichtig vom Sessel, verließ das Haus und ging zum Pavillon. Im Pavillon war alles still; nur in einem Fenster war noch Licht. Mit bebendem Herzen öffnete er die äußere Türe (er sah auf ihr noch die Abdrücke blutiger Finger, und auch auf dem Sande des Weges waren dunkle Blutspuren zu sehen), – er durchschritt das erste dunkle Zimmer … und blieb erstaunt und bestürzt auf der Schwelle stehen.

In der Mitte des Zimmers lag auf einem persischen Teppich, ein Brokatkissen unter dem Kopfe, mit einem breiten roten, schwarzgemusterten Schal bedeckt, alle Glieder gerade ausgestreckt, Mutius; sein Gesicht, gelb wie Wachs, mit geschlossenen Augen und blau angelaufenen Lidern, war nach oben gerichtet. Zu seinen Füßen kniete, gleichfalls in einen roten Schal gehüllt, der Malaie. Er hielt in der linken Hand einen Zweig von einer unbekannten Pflanze, dem Farnkraut ähnlich, und blickte, leicht vornübergebeugt, unverwandt auf seinen Herrn. Eine kleine Fackel, in den Boden gesteckt, brannte mit grünlichem Feuer und beleuchtete allein das Zimmer. Die Flamme schwankte nicht und rauchte nicht. Als Fabius eintrat, rührte sich der Malaie nicht, er warf ihm nur einen raschen Blick zu und richtete dann die Augen wieder auf Mutius. Ab und zu senkte er den Zweig, schüttelte ihn in der Luft, und seine stummen Lippen bewegten sich langsam, gleichsam tonlose Worte sprechend. Zwischen dem Malaien und Mutius lag auf dem Boden der Dolch, mit dem Fabius seinen Freund getroffen hatte: der Malaie schlug einmal mit dem Zweige auf die blutige Klinge. So verging eine Minute, – eine zweite. Fabius näherte sich dem Malaien, beugte sich zu ihm und fragte leise: »Ist er tot?« Der Malaie nickte mit dem Kopf, zog die rechte Hand aus dem Schal hervor und wies befehlend auf die Türe. Fabius wollte die Frage wiederholen, doch die befehlende Hand wiederholte die Gebärde, – und Fabius verließ das Haus, empört und erstaunt, aber sich fügend.

Er fand Valeria noch immer schlafend, und ihr Gesicht schien noch beruhigter. Er kleidete sich nicht aus, setzte sich ans Fenster, stützte den Kopf in die Hand und versank wieder in Nachdenken. Als die

Sonne aufging, fand sie ihn noch auf demselben Platze. Valeria war nicht erwacht.

11.

Fabius wollte abwarten, daß sie erwache, und dann nach Ferrara gehen, – als plötzlich jemand leise an die Schlafzimmertüre klopfte. Fabius ging hinaus und sah seinen alten Haushofmeister Antonio vor sich. »Signor«, begann der Alte, »der Malaie hat uns soeben erklärt, daß Signor Mutius erkrankt ist und mit allen seinen Sachen in die Stadt übersiedeln will; daher läßt er Euch bitten, ihm Leute zu geben, die beim Einpacken der Sachen helfen sollen, und gegen Mittag Saum- und Reitpferde, sowie einige Begleiter zur Verfügung zu stellen. Wollt Ihr es genehmigen?« – »Der Malaie hat dir das gesagt?« fragte Fabius. »Wieso? Er ist doch stumm.« – »Hier ist der Zettel, auf dem er alles in unserer Sprache aufgeschrieben hat, und sogar sehr richtig.« – »Und du sagst, daß Mutius krank ist?« – »Ja, er ist schwer krank, und man darf nicht zu ihm hinein.« »Hat man denn nicht nach einem Arzte geschickt?« – »Nein, der Malaie wollte es nicht haben.« – »Und das hat er dir aufgeschrieben?« – »Ja, er.« – Fabius schwieg. – »Nun, ordne es an«, sagte er schließlich. Antonio entfernte sich.

Fabius blickte etwas bestürzt seinem Diener nach. »Er ist also gar nicht tot?« sagte er sich … und er wußte noch nicht, ob er sich darüber freuen oder es beklagen sollte. »Ist er krank? Ich habe ja erst vor einigen Stunden seine Leiche gesehen!«

Fabius kehrte zu Valeria zurück. Sie erwachte und hob den Kopf. Die Gatten wechselten einen langen, vielsagenden Blick. – »Er ist nicht mehr?« fragte plötzlich Valeria. – Fabius fuhr zusammen. – »Wie meinst du … er ist nicht mehr?« – »Hast du denn … ist er abgereist?« fuhr sie fort. Fabius fühlte sich sofort erleichtert. »Nein, noch nicht; er reist aber noch heute ab.« – »Und ich werde ihn nie, nie wiedersehen?« – »Nie.« – Valeria atmete wieder freudig auf; auf ihren Lippen erschien wieder ein seliges Lächeln. Sie streckte dem Gatten beide Hände entgegen. – »Und wir wollen nie wieder von ihm sprechen, hörst du, mein Geliebter, nie wieder! Und ich werde das Zimmer nicht verlassen, solange er nicht abgereist ist. Schicke mir jetzt meine Dienerinnen her … warte noch: nimm dieses Ding weg!« Sie wies auf Mutius' Geschenk, das Perlenhalsband, das auf dem Nachttische lag. Fabius nahm das

Halsband, – die Perlen schienen ihm trübe angelaufen – und erfüllte den Wunsch seiner Frau. Dann begann er wieder im Garten herumzuirren und blickte ab und zu von weitem nach dem Pavillon, bei welchem sich seine Leute bereits zu schaffen machten, Koffer heraustrugen und Pferde beluden ... der Malaie war aber nicht dabei. Ein unwiderstehliches Gefühl zog Fabius noch einmal zum Pavillon, um nachzusehen, was sich jetzt dort abspielte. Es fiel ihm ein, daß sich auf der Rückseite des Pavillons eine Geheimtüre befand, durch die er ins Innere des Zimmers gelangen konnte, wo Mutius am Morgen gelegen hatte. – Er schlich sich zu dieser Türe, fand sie unversperrt, schob den schweren Vorhang auseinander und blickte unentschlossen hinein.

12.

Mutius lag nicht mehr auf dem Teppich. Er saß in Reisekleidern in einem Sessel, sah aber aus wie eine Leiche, wie beim ersten Besuch Fabius'. Der gleichsam zu Stein gewordene, erstarrte Kopf lag auf der Sessellehne, die gelben, leblos ausgestreckten Hände ruhten auf den Knien. Die Brust hob sich nicht. Auf dem mit getrockneten Kräutern bedeckten Boden, vor dem Sessel, standen einige flache Schalen mit einer dunklen Flüssigkeit, der ein starker, beinahe erstickender Geruch von Moschus entströmte. Um jede Schale ringelte sich, ab und zu mit den goldenen Augen funkelnd, eine kleine kupferrote Schlange; und gerade vor Mutius, zwei Schritte vor ihm, ragte die lange Gestalt des Malaien, bekleidet mit einem bunten Brokatgewand, umgürtet mit einem Tigerschwanz und mit einem hohen Hute, einer Art gehörnter Tiara auf dem Kopfe. Diesmal war er aber nicht unbeweglich: bald machte er andächtige Verbeugungen und schien zu beten, bald richtete er sich in seiner ganzen Größe auf und stellte sich sogar auf die Zehen; bald breitete er gemessen die Arme aus, bald bewegte er sie gebieterisch oder drohend in der Richtung nach Mutius hin, zog die Brauen zusammen und stampfte mit den Füßen. Alle diese Bewegungen machten ihm offenbar große Mühe, verursachten ihm sogar Schmerz, denn er atmete schwer, und der Schweiß lief ihm vom Gesicht herab. Plötzlich erstarrte er mit angehaltenem Atem auf einem Flecke, runzelte die Stirne, spannte alle Muskeln seiner geballten Hände an, als ob er die Zügel hielte ... und zu unbeschreiblichem Entsetzen des Fabius hob sich Mutius' Kopf, wie von den Händen des Malaien angezogen, lang-

sam von der Sessellehne … Der Malaie ließ die Hände sinken, – und
Mutius' Kopf fiel sofort schwer zurück; er hob wieder die Arme, – und
der Kopf folgte gehorsam seinen Bewegungen. Die dunkle Flüssigkeit
in den Schalen begann zu kochen, die Schalen selbst begannen leise
zu klirren, und die kupferroten Schlangen rollten sich wellenförmig
um jede Schale. Nun machte der Malaie einen Schritt vorwärts, zog
die Brauen in die Höhe, riß die Augen ungeheuer weit auf und nickte
mit dem Kopfe gegen Mutius … und die Lider des Toten begannen
zu beben, klebten sich ungleichmäßig auseinander, und unter ihnen
zeigten sich die Pupillen, trübe wie Blei. Das Gesicht des Malaien er-
strahlte in stolzem Triumph und in fast gehässiger Freude; er öffnete
weit seine Lippen, und aus der Tiefe seiner Kehle drang ein langgedehn-
ter, heulender Ton … Auch die Lippen Mutius' öffneten sich, und ein
schwaches Stöhnen erzitterte auf ihnen als Antwort auf jenen unmensch-
lichen Schrei …

Nun hielt es Fabius nicht länger aus: es war ihm, als ob er irgend
welchen teuflischen Beschwörungen beiwohnte! Er schrie gleichfalls
auf und stürzte, ohne sich umzusehen, Gebete vor sich murmelnd und
sich bekreuzigend, schnell nach Hause.

13.

Nach etwa drei Stunden meldete ihm Antonio, daß alles zur Abreise
bereit sei und daß Signor Mutius aufbrechen wolle. Fabius erwiderte
darauf kein Wort und trat auf die Terrasse, von wo der Pavillon zu
sehen war. Einige Saumpferde standen fertig beladen, und vor dem
Eingang zum Pavillon wartete ein kräftiger, rabenschwarzer Hengst
mit einem breiten Sattel, welcher für zwei Reiter eingerichtet war. Da
standen auch schon Diener mit unbedecktem Kopfe und bewaffnete
Begleiter. Die Türe des Pavillons ging auf, und, gestützt vom Malaien,
der wieder sein gewöhnliches Kleid trug, erschien Mutius. Sein Gesicht
war leichenblaß, seine Hände hingen herab wie bei einem Toten, –
aber er schritt vorwärts … ja! er bewegte die Beine, und als ihn der
Malaie aufs Pferd gehoben hatte, hielt er sich gerade und fand tastend
die Zügel. Der Malaie half ihm in die Bügel, sprang von rückwärts in
den Sattel, umfaßte seinen Herrn mit den Armen, – und der ganze
Zug setzte sich in Bewegung. Die Pferde gingen im Schritt, und als sie
am Hause einbogen, glaubte Fabius zu sehen, wie sich auf dem dunklen

Antlitze Mutius' zwei weiße Fleckchen bewegten ... Hatte er vielleicht auf ihn seine Pupillen gerichtet? – Nur der Malaie grüßte ihn ... höhnisch wie immer.

Ob auch Valeria diese Szene sah? Die Vorhänge an ihren Fenstern waren herabgelassen ... vielleicht stand sie aber hinter den Vorhängen.

14.

Zu Mittag kam sie ins Speisezimmer und war sehr milde und freundlich; sie klagte aber noch immer über Mattigkeit. Doch ihre Unruhe, ihr ständiges Erstaunen und die heimliche Angst von früher hatten sich verflüchtigt; und als Fabius am nächsten Tage von neuem an ihr Bildnis ging, fand er in ihren Zügen jenen reinen Ausdruck wieder, dessen vorübergehendes Verschwinden ihn so sehr beunruhigt hatte ... Und sein Pinsel flog leicht und sicher über die Leinwand.

Das Leben der Gatten kam ins frühere Geleis. Mutius war für sie verschwunden, als ob er überhaupt nie existiert hätte. Wie nach einer stummen Übereinkunft vermieden es Fabius wie Valeria, über ihn zu sprechen und sich sogar nach seinen ferneren Schicksalen zu erkundigen. Mutius war tatsächlich verschwunden, wie in die Erde versunken. Fabius hielt es einmal für seine Pflicht, Valeria zu erzählen, was in jener entscheidenden Nacht vorgefallen ... Doch sie erriet wahrscheinlich seine Absicht; sie hielt den Atem an und schloß die Augen, als ob sie einen Schlag erwartete ... Und Fabius verstand sie und verschonte sie.

An einem schönen Herbsttage beendigte Fabius sein Cäcilienbild; Valeria saß vor der Orgel, und ihre Finger irrten über die Tasten ... Plötzlich ertönte gegen ihren Willen unter ihren Fingern jenes Lied der triumphierenden Liebe, welches einst Mutius gespielt hatte, und im gleichen Augenblick fühlte sie in sich zum ersten Male seit ihrer Verehelichung das Beben eines neuen, keimenden Lebens ... Valeria erbebte und hielt an ...

Was bedeutete das? Hatte etwa ...

Bei diesem Worte endigte die Handschrift.

Ein Traum

1.

Ich lebte um jene Zeit mit meinem Mütterchen in einer kleinen See-
stadt. Ich war eben 17 Jahre alt geworden, meine Mutter war aber noch
nicht 35; sie hatte sehr jung geheiratet. Mein Vater starb, als ich gerade
6 Jahre alt war, aber ich konnte mich seiner noch genau erinnern.
Mütterchen war eine kleine blonde Frau mit einem schönen, doch ewig
traurigen Gesicht, mit einer stillen, matten Stimme und schüchternen
Bewegungen. In ihrer Jugend war sie als eine Schönheit berühmt und
sie blieb bis an ihr Ende anziehend und anmutig. Ich habe nie tiefere,
zartere und traurigere Augen, weichere und feinere Haare, nie vorneh-
mere Hände gesehen. Ich vergötterte sie, und sie liebte mich … Doch
unser Leben ging freudlos dahin: es war, als ob ein geheimer, unheilba-
rer und unverdienter Kummer beständig an den Wurzeln ihres Lebens
nagte. Diesen Kummer konnte ich nicht nur mit der Trauer um meinen
Vater erklären, so groß diese Trauer auch war, so heiß sie meinen
Vater auch geliebt hatte, so heilig sie auch sein Andenken hielt …
Nein, hier war noch etwas verborgen, was ich nicht wußte, was ich
aber unbestimmt doch stark fühlte, so oft ich in ihre stillen unbeweglichen Augen oder auf ihre schönen gleichfalls unbeweglichen Lippen,
die nicht in Verbitterung zusammengepreßt, aber gleichsam für ewig
erstarrt waren, blickte.

Ich sagte eben, daß meine Mutter mich liebte; es gab aber auch
Augenblicke, wo sie mich von sich stieß, wo ihr meine Gegenwart lästig
und unerträglich war. Sie schien dann einen unwillkürlichen Ekel vor
mir zu empfinden, – nachher erschrak sie selbst darüber, bat mich
unter Tränen um Verzeihung und drückte mich an ihr Herz. Ich schrieb
diese Ausbrüche von Haß ihrer zerrütteten Gesundheit und ihrem
Unglück zu … Diese feindseligen Gefühle wären allerdings auch mit
den seltsamen, mir selbst unbegreiflichen, bösen und verbrecherischen
Regungen zu erklären gewesen, die sich manchmal in mir regten …
Doch solche Anwandlungen fielen nicht mit den Augenblicken ihres
Hasses zusammen. – Mütterchen kleidete sich immer in Schwarz. Wir
lebten auf ziemlich großem Fuße, obwohl wir fast keine Bekannten
hatten.

2.

Mütterchen hatte alle ihre Gedanken und Sorgen ständig auf mich gerichtet. Ihr Leben floß mit dem meinigen zusammen. Solche Beziehungen zwischen Eltern und Kindern sind für die Kinder nicht immer nützlich ... eher sind sie schädlich. Außerdem war ich das einzige Kind meiner Mutter, und einzige Kinder entwickeln sich meistens höchst ungleichmäßig. Bei ihrer Erziehung sind die Eltern gewöhnlich ebensosehr um sich selbst, als um die Kinder besorgt ... Und das kann unmöglich gut sein. Ich war weder verzogen noch verbittert (beides kommt bei einzigen Kindern vor), doch meine Nerven waren schon im frühen Alter zerrüttet; auch war ich von schwacher Gesundheit, wie die Mutter, der ich auch sonst nachgeraten war. Ich mied die Gesellschaft meiner Altersgenossen und war überhaupt menschenscheu; selbst mit meinem Mütterchen sprach ich sehr wenig. Am meisten liebte ich es, zu lesen, allein spazieren zu gehen und zu träumen, zu träumen! Was der Inhalt meiner Träume war, kann ich kaum sagen: ich hatte manchmal wirklich das Gefühl, als ob ich vor einer halbverschlossenen Türe, hinter der ein Geheimnis verborgen wäre, stände, und wartete, und die Schwelle nicht zu überschreiten wagte, und immer grübelte, was sich hinter der Türe befände – und ich wartete und wartete – oder schlief ein. Wenn in mir eine poetische Ader wäre, so hätte ich gewiß angefangen, Verse zu machen; wenn ich eine Neigung zur Religiosität verspürte, so wäre ich vielleicht Mönch geworden; aber weder das eine, noch das andere war bei mir der Fall, – und so fuhr ich fort, zu träumen – und zu warten.

3.

Ich erwähnte soeben, daß ich zuweilen unter Einwirkung von verworrenen Gedanken und Träumereien einschlief. Ich schlief überhaupt viel, und Träume spielten in meinem Leben eine große Rolle; fast jede Nacht hatte ich Träume. Ich vergaß sie nie, ich maß ihnen große Bedeutung zu, ich hielt sie für Vorbedeutungen und suchte sie mir auszulegen; einige Träume kehrten von Zeit zu Zeit wieder, was mir immer wunderbar und seltsam erschien. Besonders beunruhigte mich ein Traum: Mir träumte, ich ginge durch die schmale, schlechtgepflasterte Gasse einer alten Stadt, zwischen vielstöckigen Häusern mit spitzen

Dächern. Ich suchte meinen Vater, der gar nicht gestorben war, sondern sich aus irgendeinem Grunde vor uns verborgen hielt und in einem dieser Häuser wohnte. Und ich trete in ein dunkles niedriges Tor, durchschreite einen langen, mit Brettern und Balken angefüllten Hof und gelange schließlich in ein kleines Zimmer mit zwei runden Fenstern. Mitten in diesem Zimmer steht mein Vater in einem Schlafrocke und raucht eine Pfeife. Er sieht ganz anders als mein wirklicher Vater aus: er ist schlank, hager, schwarzhaarig, hat eine Hakennase, mürrische, durchdringende Augen; er mag etwa vierzigjährig sein. Er ist sehr unzufrieden, daß ich ihn aufgefunden habe; auch ich freue mich gar nicht über diese Begegnung und stehe unentschlossen da. Er wendet sich etwas ab, beginnt etwas zu brummen und mit kleinen Schritten auf und ab zu gehen ... Dann entfernt er sich allmählich von mir, immer noch brummend, und blickt immerfort über die Achsel nach mir zurück; das Zimmer erweitert sich und verschwindet im Nebel ... Plötzlich wird mir ängstlich beim Gedanken, daß ich meinen Vater wieder verliere, ich stürze ihm nach, – sehe ihn aber nicht mehr – und höre nur noch sein böses Brummen ... Mein Herz steht still – ich erwache und kann lange nicht wieder einschlafen ... Den ganzen folgenden Tag denke ich an diesen Traum und kann ihn mir selbstverständlich nicht erklären.

4.

Im Juni belebte sich das Städtchen, in dem ich mit meiner Mutter wohnte, ganz außerordentlich. Zahllose Schiffe liefen im Hafen ein, zahllose neue Gesichter tauchten auf den Straßen auf. Ich liebte es, um diese Zeit auf den Quais, vor den Kaffeehäusern und Gasthöfen herumzuirren, die verschiedenen Matrosen und andere Menschen zu beobachten, die unter leinenen Sonnendächern vor kleinen, weißen Tischen saßen und aus Zinnkrügen Bier tranken.

Als ich so einmal an einem Kaffeehause vorüberging, erblickte ich einen Mann, der sofort meine ganze Aufmerksamkeit fesselte. Mit einem langen, schwarzen Kittel bekleidet, den Strohhut tief ins Gesicht gedrückt, saß er ganz unbeweglich mit gekreuzten Armen. Dünne, schwarze Locken hingen ihm fast bis an die Nase herab, die schmalen Lippen hielten das Mundstück einer kurzen Pfeife umpreßt. Dieser Mann kam mir so bekannt vor, jeder Zug seines gelben Gesichtes und seine ganze Erscheinung war dermaßen in meinem Gedächtnisse eingeprägt, daß ich nicht umhin konnte, vor ihm stehen zu bleiben und mir die Frage vorzulegen: wer ist er, wo habe ich ihn schon gesehen? Da er wohl meinen unverwandten Blick auf sich ruhen fühlte, richtete er seine schwarzen, stechenden Augen auf mich ... Ich schrie unwillkürlich auf ...

Dieser Mann war jener Vater, den ich suchte, den ich im Traume gesehen hatte!

Ein Irrtum war ganz ausgeschlossen, – die Ähnlichkeit war zu auffallend. Selbst der langschößige, schwarze Kittel, der seine hageren Glieder umhüllte, erinnerte in seiner Farbe und Form an den Schlafrock, in dem mir mein Vater erschienen war.

»Schlafe ich denn nicht?« fragte ich mich ... Nein ... Jetzt ist ja Tag, ringsum lärmt die Menge, am blauen Himmel strahlt die Sonne, und vor mir ist kein Gespenst, sondern ein lebendiger Mensch.

Ich trat an ein unbesetztes Tischchen, ließ mir einen Krug Bier und eine Zeitung geben und setzte mich in die Nähe dieses rätselhaften Wesens.

5.

Indem ich die Zeitung in der Höhe meines Gesichtes hielt, fuhr ich fort, den Unbekannten mit den Augen zu verschlingen. – Er saß fast bewegungslos da und hob nur selten seinen gesenkten Kopf. Offenbar erwartete er jemand. Ich sah und sah ... Zuweilen schien es mir, das Ganze sei Einbildung, von Ähnlichkeit sei eigentlich keine Spur, ich hätte mich nur von meiner Einbildungskraft täuschen lassen ... So oft aber jener eine Bewegung machte, auf dem Stuhle ein wenig hin und herrückte, oder leicht die Hände hob, schrie ich beinahe wieder auf, denn ich erkannte in ihm wieder meinen »nächtlichen« Vater! – Er bemerkte schließlich meine zudringliche Aufmerksamkeit, blickte zuerst erstaunt, dann ärgerlich zu mir herüber und wollte aufstehen, wobei er seinen kleinen Rohrstock, den er an den Tisch gelehnt hatte, fallen ließ. Ich sprang sofort auf, hob ihn auf und reichte ihn ihm. Ich hatte heftiges Herzklopfen.

Er lächelte gezwungen, bedankte sich, näherte sein Gesicht dem meinigen, und sah mich mit hochgezogenen Augenbrauen und halboffenem Munde an; ich hatte auf ihn offenbar einen Eindruck gemacht.

»Sie sind sehr höflich, junger Mann«, sagte er mit trockener, scharfer und näselnder Stimme. »Heutzutage ist das eine Seltenheit. Gestatten Sie mir, Ihnen zu der guten Erziehung, die Sie genossen, zu gratulieren.«

Ich weiß nicht mehr, was ich ihm darauf antwortete; aber bald entspann sich zwischen uns ein Gespräch. Ich erfuhr, daß er ein Landsmann von mir und soeben aus Amerika zurückgekehrt sei, wo er viele Jahre gelebt habe und daß er bald wieder dorthin zurückzukehren gedenke. Er nannte sich Baron … den Namen konnte ich nicht verstehen. Wie mein »nächtlicher Vater«, so schloß auch er jeden Satz mit einem undeutlichen innerlichen Brummen. Er wünschte, meinen Namen zu erfahren … Als er ihn hörte, schien er sehr verwundert; dann fragte er mich, wie lange ich hier in der Stadt wohne und mit wem. Ich sagte, ich wohne bei meiner Mutter.

»Und Ihr Vater?« – »Mein Vater ist lange tot.« Er erkundigte sich nach dem Vornamen meiner Mutter und lachte dabei gezwungen auf; dann entschuldigte er sich und sagte, es sei eine üble amerikanische Angewohnheit, wie er auch sonst ein großer Sonderling sei. Schließlich fragte er mich nach unserer Adresse. Ich gab sie ihm.

6.

Die Erregung, die sich meiner im Anfange unseres Gespräches bemächtigt hatte, legte sich allmählich; ich fand diese so rasch geschlossene Bekanntschaft etwas eigentümlich, und das war alles. Mir mißfiel das Lächeln, mit dem der Herr Baron seine Fragen stellte; mir mißfiel auch der Ausdruck seiner Augen, wenn er mich mit ihnen gleichsam durchbohrte … In diesen Augen lag etwas Raubgieriges und zugleich Herablassendes … etwas Unheimliches. Diese Augen hatte ich in meinen Träumen nicht gesehen. Seltsam war das Gesicht des Barons! Welk, müde, abgespannt und zugleich jugendlich, unangenehm jugendlich; Auch hatte mein »nächtlicher Vater« nicht jene tiefe Schramme, die bei meinem neuen Bekannten über die Stirne lief und die ich erst dann bemerkte, als ich mich ihm mehr genähert hatte.

Kaum hatte ich dem Baron den Namen der Straße und die Hausnummer unserer Wohnung mitgeteilt, als ein hochgewachsener Mohr, bis an die Augen in einen Mantel gehüllt, von hinten an ihn herantrat und ihm leise auf die Schulter klopfte. Der Baron wandte sich um und sagte: »Aha! Endlich!« Dann nickte er mir mit dem Kopfe zu und begab sich mit dem Mohren ins Innere des Kaffeehauses. Ich blieb allein draußen sitzen; ich wollte das Fortgehen des Barons abwarten, nicht, um ihn wieder anzusprechen, – (ich wußte eigentlich nicht, worüber ich noch mit ihm hätte sprechen können) – sondern um meine ersten Eindrücke nachzuprüfen. – Es verging aber eine halbe Stunde, eine ganze Stunde, – der Baron zeigte sich nicht wieder. – Ich ging ins Kaffeehaus, lief durch alle Räume, fand aber nirgends weder den Baron, noch den Mohren … Die beiden waren wohl durch eine Hintertüre fortgegangen.

Mir schmerzte ein wenig der Kopf; um mich zu erholen, machte ich einen kleinen Spaziergang am Meeresstrande entlang bis zu dem großen Parke, der vor etwa zweihundert Jahren angelegt worden war. Nachdem ich gegen zwei Stunden im Schatten der riesengroßen Eichen und Platanen herumgewandert war, kehrte ich nach Hause zurück.

7.

Sobald ich in unser Vorzimmer trat, stürzte mir unser Dienstmädchen ganz außer sich entgegen. Ich erriet sofort aus ihrem Gesichtsausdrucke, daß zu Hause während meiner Abwesenheit etwas Schlimmes vorgefallen war. Ich erfuhr auch wirklich, daß vor einer Stunde aus dem Schlafzimmer meiner Mutter ein gellender Schrei erklungen war; das herbeigeeilte Dienstmädchen hatte sie in tiefer Ohnmacht auf dem Boden liegen gefunden. Als meine Mutter zu sich kam, sah sie ganz erschrocken und verstört aus und mußte sich zu Bette legen; sie sprach kein Wort, beantwortete keine Frage, sah sich immer erregt um und zitterte. Das Mädchen schickte den Gärtner nach einem Arzt. Der Arzt kam und verschrieb ihr ein Beruhigungsmittel, doch wollte meine Mutter auch ihm nichts sagen. Der Gärtner behauptete, er hätte einige Augenblicke nach dem Aufschreien meiner Mutter einen unbekannten Mann gesehen, der über die Gartenbeete zum Tor gelaufen sei. (Wir bewohnten ein einstöckiges Haus, dessen Fenster nach einem ziemlich großen Garten gingen). Das Gesicht des Fremden hatte der Gärtner nicht sehen können; er sei aber hager und mit einem niederen Strohhut und einem langschößigen Rock bekleidet gewesen … »Die Kleidung des Barons!« ging es mir sofort durch den Kopf. Der Gärtner konnte ihn nicht einholen, man hatte ihn auch gleich ins Haus gerufen und nach dem Arzte geschickt. Ich ging zu meiner Mutter hinein. Sie lag auf dem Bette, blasser als das Kissen, auf dem ihr Kopf ruhte. Als sie mich erkannt hatte, lächelte sie matt und streckte mir ihre Hand entgegen. Ich setzte mich zu ihr und begann sie auszufragen; anfangs wich sie meinen Fragen aus, zuletzt gestand sie aber, daß sie etwas gesehen hätte, wovor sie so erschrocken wäre. – »Ist hier jemand gewesen?« fragte ich sie. – »Nein«, sagte sie hastig, »es war niemand hier, aber es schien mir … es kam mir vor …« Sie schwieg und bedeckte die Augen mit der Hand. Ich wollte ihr schon sagen, was ich vom Gärtner erfahren hatte, auch über meine Begegnung mit dem Baron wollte ich ihr berichten, aber die Worte erstarben mir, ich weiß nicht warum, auf den Lippen. Ich erlaubte mir jedoch, der Mutter zu bemerken, daß Gespenster am hellen Tage nicht zu erscheinen pflegen … »Laß mich«, flüsterte sie, »laß mich, bitte, quäle mich jetzt nicht. Du wirst es schon einmal erfahren …« Sie schwieg wieder. Ihre Hände waren kalt, der Puls ging schnell und ungleichmäßig. Ich gab ihr die Arznei ein und trat ein wenig zur Seite, um sie nicht zu beunruhigen. Sie blieb den ganzen Tag im Bette. Sie lag still und unbeweglich da, seufzte nur zuweilen tief und öffnete erschrocken die Augen. Wir alle waren ganz ratlos.

8.

Gegen Abend bekam meine Mutter ein leichtes Fieber und schickte mich fort. Ich ging aber nicht in mein Zimmer, sondern legte mich im Nebenzimmer auf den Divan und trat jede Viertelstunde auf den Fußspitzen an ihre Türe, um zu horchen … Alles blieb still; ich glaube aber kaum, daß meine Mutter in dieser Nacht ein Auge zugedrückt hat. Als ich am frühen Morgen zu ihr hineinging, schien ihr Gesicht erhitzt und ihre Augen hatten einen unnatürlichen Glanz. Im Laufe des Tages fühlte sie sich etwas besser, doch gegen Abend bekam sie wieder Fieber. Bis dahin hatte sie hartnäckig geschwiegen, nun begann sie mit hastiger, ungleichmäßiger Stimme zu erzählen. Sie phantasierte nicht, ihre Worte hatten einen Sinn, aber keinen Zusammenhang. Kurz vor Mitternacht richtete sie sich mit einem krampfhaften Ruck im Bette auf (ich saß neben ihr) und begann mit hastiger Stimme zu erzählen, wobei sie unaufhörlich schluckweise Wasser trank, matte Bewegungen mit den Händen machte, mich aber kein einzigesmal ansah. Sie machte Pausen, gab sich dann wieder einen Ruck und fuhr von neuem fort … Dies alles war so sonderbar, als ob sie es im Schlafe täte, als ob sie selbst dabei nicht zugegen wäre, als ob ein anderer aus ihrem Munde spräche oder sie zu sprechen zwänge.

9.

»Höre, was ich dir erzählen werde«, begann sie. »Du bist ja kein Kind mehr und mußt alles wissen. Ich hatte einst eine gute Freundin … Sie heiratete einen Mann, den sie von ganzem Herzen liebte, und sie war mit ihm sehr glücklich. Noch im ersten Jahre ihrer Ehe reisten sie in die Hauptstadt, um dort einige Wochen zu verleben und sich zu amüsieren. Sie stiegen in einem guten Gasthofe ab und gingen viel ins Theater und in Gesellschaft. Meine Freundin war schön und fiel allen auf; die jungen Leute machten ihr den Hof; unter ihnen war aber einer, ein Offizier. Er verfolgte sie auf Schritt und Tritt und wo sie auch war, – überall sah sie seine schwarzen, bösen Augen. Er ließ sich ihr nicht vorstellen und sprach niemals mit ihr, – er sah sie aber immer so sonderbar frech an. Alle Vergnügungen der Hauptstadt waren für sie durch seine Gegenwart vergällt; sie bat ihren Mann, so bald als möglich abzureisen, – und sie machten sich reisefertig. Eines Abends begab sich ihr Mann in einen Klub; einige Offiziere vom gleichen Regiment wie jener hatten ihn zum Kartenspiel eingeladen … Sie blieb zum ersten Male allein. Der Mann blieb lange aus; sie entließ ihr Mädchen und begab sich zu Bett … Da überkam sie plötzlich ein beklemmendes Gefühl, so daß sie ganz kalt wurde und schauderte. Es war ihr, als ob sie ein leises Geräusch hinter der Wand – wie das Scharren eines Hundes – hörte, und sie richtete ihren Blick auf die Wand. In der Ecke brannte ein Lämpchen; das ganze Zimmer war mit Stofftapeten ausgeschlagen … Plötzlich bewegte sich etwas, der Wandbehang hob sich … Und aus der Wand heraus trat schwarz und lang jener unheimliche Mensch mit den bösen Augen! Sie wollte aufschreien und konnte es nicht. Sie war ganz gelähmt vor Angst. Er ging schnell wie ein Raubtier auf sie zu, warf ihr etwas über den Kopf, etwas Schwüles, Schweres, Weißes … Was weiter geschah, weiß ich nicht … weiß ich nicht! Es war wie der Tod, wie ein Mord … Als sich dieser schreckliche Nebel endlich verzog, als ich … als meine Freundin zu sich kam, war niemand im Zimmer. Sie konnte noch lange nicht schreien, und als sie endlich aufschrie, verlor sie gleich wieder die Besinnung …

Später sah sie ihren Mann neben sich, den man bis zwei Uhr nachts im Klub aufgehalten hatte … Er war ganz blaß vor Schreck. Er begann sie auszufragen, aber sie sagte nichts … Dann wurde sie krank … Doch ich erinnere mich: als sie einmal allein im Zimmer war, untersuchte sie jene Stelle an der Wand … Unter der Stofftapete fand sie eine Geheimtüre. Sie hatte ihren Trauring verloren. Dieser Ring war von ungewöhnlicher Form: Sieben goldene Sterne wechselten auf ihm mit sieben silbernen Sternen ab; es war ein alter Familienschmuck. Der Mann fragte sie, was mit dem Ring geschehen sei, sie konnte ihm aber keine Antwort geben. Der Mann glaubte, sie hätte ihn irgendwo fallen lassen und suchte überall, fand ihn aber nicht. Auch ihn ergriff Unruhe; er beschloß, so schnell als möglich nach Hause zu reisen, und sobald der Arzt es erlaubte, verließen sie die Hauptstadt … Aber denke dir nur! Am Tage ihrer Abreise stießen sie auf der Straße auf eine Tragbahre … Und auf dieser Bahre lag ein eben ermordeter Mann mit gespaltenem Schädel – denke dir nur! – es war jener nächtliche Gast mit den bösen Augen … Man hatte ihn beim Kartenspiel erschlagen!

Dann reiste meine Freundin aufs Land … sie wurde zum erstenmal Mutter … und lebte noch einige Jahre mit ihrem Mann. Er erfuhr niemals etwas; was hätte sie ihm auch erzählen können? Sie wußte ja selbst nichts.

Doch das frühere Glück war verschwunden. Das Leben der Ehegatten wurde finster, und diese Finsternis hellte sich nie wieder auf … Weitere Kinder bekamen sie nicht, und dieser Sohn …«

Mütterchen erbebte am ganzen Körper und bedeckte das Gesicht mit den Händen …

»Aber sag mir jetzt«, fuhr sie mit verdoppelter Kraft fort, »hat meine Freundin etwas verbrochen? Was kann sie sich vorwerfen? Sie war hart gestraft; hatte sie aber nicht das Recht, vor Gott selbst zu erklären, daß die Strafe, die sie getroffen, ungerecht und unverdient war? Warum wird sie nun wie eine Verbrecherin von Gewissensbissen gepeinigt, warum erscheint ihr das Vergangene noch jetzt, nach vielen Jahren, so grauenvoll? Macbeth hat Banko ermordet, und es ist ganz natürlich, daß er ihn immer vor sich sieht … aber ich …«

Hier wurde die Rede meiner Mutter so verworren, daß ich sie nicht mehr verstand … Ich zweifelte nicht mehr daran, daß sie phantasierte.

10.

Jeder wird leicht begreifen, welchen erschütternden Eindruck die Erzählung meiner Mutter auf mich machte! Ich hatte gleich beim ersten Wort begriffen, daß sie von sich selbst und nicht von einer Freundin sprach; sie hatte sich ja auch einmal versprochen, und dies bestätigte nur meine Vermutung. Also war dieser Mann, den ich im Traume gesucht und jetzt auch im Wachen gesehen hatte, wirklich mein Vater. Er war nicht ermordet, wie meine Mutter glaubte, sondern nur verwundet … Er hatte sie wohl besucht und war, durch ihren Schreck erschreckt, davongelaufen. Plötzlich wurde mir alles klar; das Gefühl der unwillkürlichen Abneigung, welches meine Mutter zuweilen gegen mich empfand, ihr ewiger Gram und unsere Zurückgezogenheit … Ich entsinne mich noch, daß mich ein Schwindel erfaßte, daß ich mit beiden Händen nach meinem Kopfe griff, als ob ich ihn festhalten wollte. Aber ein Gedanke setzte sich in meinem Kopfe fest; ich wollte unbedingt, koste es was es wolle, jenen Mann wieder aufsuchen! Warum? Welchen Zweck sollte das haben? Darüber legte ich mir keine Rechenschaft ab, aber ich mußte ihn aufsuchen, das war mir eine Lebensfrage! Am nächsten Morgen beruhigte sich meine Mutter endlich, das Fieber wich … sie schlief ein. Ich überließ sie der Fürsorge der Hausleute und der Dienerschaft und machte mich auf die Suche.

11.

Vor allen Dingen begab ich mich selbstverständlich ins Kaffeehaus, wo ich den Baron zuerst gesehen hatte; aber dort kannte ihn niemand, niemand hatte den zufälligen Gast auch nur bemerkt. Auf den Mohren konnten sich die Wirtsleute wohl besinnen, denn dieser fiel zu sehr in die Augen, aber wer er war und wo er wohnte, wußte niemand. Ich ließ für alle Fälle im Kaffeehaus meine Adresse zurück und begann dann alle Straßen in der Nähe des Hafens, alle Quais und Boulevards der Stadt abzusuchen, sah in alle öffentlichen Lokale hinein, fand aber nichts, was dem Baron oder seinem Begleiter ähnlich sähe! … Da ich den Namen des Barons nicht verstanden hatte, war es mir auch nicht möglich, bei der Polizei Erkundigungen einzuziehen; ich gab aber einigen Polizeidienern (die mich allerdings erstaunt und mißtrauisch ansahen) unter der Hand zu verstehen, daß sie von mir eine anständige

Belohnung bekommen würden, wenn es ihnen gelänge, die Spuren jener zwei Personen, deren Äußeres ich ihnen so genau wie möglich beschrieb, aufzufinden. Nachdem ich auf diese Weise den ganzen Vormittag umhergelaufen war, kehrte ich erschöpft nach Hause zurück. Meine Mutter hatte das Bett verlassen, doch hatte sich zu ihrer gewöhnlichen Trauer etwas Neues hinzugesellt, eine wehmütige Ratlosigkeit, die mir wie ein Messer in das Herz schnitt. Den Abend blieb ich an ihrer Seite. Wir sprachen fast nichts: sie legte Patiencen, und ich sah schweigend in ihre Karten. Sie kam mit keinem Wort auf ihre Erzählung und auf die gestrigen Vorgänge zurück. Es war, als ob wir eine stillschweigende Verabredung getroffen hätten, alle die unheimlichen und seltsamen Vorgänge nicht zu berühren … Sie bereute anscheinend schon, daß sie sich zu dieser Erzählung hatte hinreißen lassen; vielleicht erinnerte sie sich auch nicht mehr genau, was sie mir alles in ihrem Fieberzustand erzählt hatte, und hoffte, daß ich sie verschonen werde … Ich schonte sie auch wirklich, und sie fühlte es; sie wich wie gestern meinen Blicken aus. Ich konnte die ganze Nacht nicht einschlafen. – Draußen erhob sich plötzlich ein furchtbarer Sturm. Der Wind heulte wie toll, die Fensterscheiben dröhnten und klirrten, die ganze Luft war von verzweifeltem Winseln und Schreien erfüllt, als ob sich dort oben etwas zerrisse und mit tollem Weinen über die erschütterten Häuser dahinflöge. Vor Sonnenaufgang schlummerte ich etwas ein … plötzlich schien es mir, jemand sei ins Zimmer getreten und hätte mich mit leiser doch eindringlicher Stimme beim Namen gerufen. Ich hob den Kopf und sah niemand; doch seltsam! ich erschrak nicht nur nicht, ich war eher froh: ich hatte plötzlich die Überzeugung, daß ich jetzt bestimmt mein Ziel erreichen würde. Ich kleidete mich schnell an und ging aus dem Hause.

12.

Der Sturm hatte sich gelegt … doch bebte noch ein leiser Nachhall in der Luft. Es war noch sehr früh und auf den Straßen war noch kein Mensch zu sehen; an vielen Stellen lagen Trümmer von Schornsteinen, Dachziegel, Bretter von zerstörten Zäunen, abgebrochene Baumäste umher … »Wie mag es nachts auf dem Meere zugegangen sein?« – diese Frage kam mir unwillkürlich in den Sinn beim Anblick der Spuren, die der Sturm zurückgelassen hatte. Ich wollte schon nach dem Hafen gehen, aber meine Füße trugen mich, gleichsam einem fremden

Willen gehorchend, nach einer anderen Seite. Nach kaum zehn Minuten sah ich mich in einem Stadtteil, in dem ich noch niemals gewesen war. Ich ging nicht schnell, blieb aber auch nie stehen; ich hatte ein ganz eigentümliches Gefühl im Herzen; ich erwartete etwas Ungewöhnliches, Unmögliches und war zugleich überzeugt, daß dieses Ungewöhnliche eintreten werde.

13.

Und nun trat dieses Ungewöhnliche, dieses Unerwartete wirklich ein! Etwa zwanzig Schritte vor mir erblickte ich plötzlich jenen Mohren, der im Kaffeehause vor meinen Augen den Baron angesprochen hatte! In den gleichen Mantel gehüllt, den ich mir schon damals gemerkt hatte, war er wie aus der Erde geschossen und ging nun, mir den Rücken wendend, mit raschen Schritten auf dem schmalen Trottoir einer krummen Gasse hinab! Ich stürzte ihm sofort nach, aber er verdoppelte die Schritte und bog plötzlich, ohne sich nach mir umzublicken, um die Ecke eines vorspringenden Hauses. Ich erreichte diese Ecke und bog ebenso schnell um sie herum, wie der Mohr ... Welch ein Wunder! Vor mir lag eine lange, schmale, ganz leere Straße; sie war ganz in trüben, bleiernen Morgennebel getaucht, – aber mein Blick konnte bis an ihr Ende dringen, konnte alle ihre Häuser zählen ... kein lebendes Wesen war zu sehen! Der lange Mohr im Mantel war ebenso schnell verschwunden, wie er aufgetaucht war! Ich wunderte mich ... aber nur für einen Augenblick. Denn gleich überkam mich ein anderes Gefühl; diese schweigende und gleichsam ausgestorbene Straße, die sich vor meinen Augen hinzog, – ich hatte sie erkannt! Es war die Straße meines Traumes. Ich erbebte, ich zuckte zusammen – die Morgenluft war so frisch – und ging sofort, ohne zu schwanken, mit einer gewissen ängstlichen Zuversicht weiter!

Ich fange an, mit den Augen zu suchen ... Da ist es ja: rechts, mit einer Ecke vorspringend, steht das Haus meines Traumes; da ist auch das altertümliche Tor mit den steinernen Schnörkeln zu beiden Seiten ... Die Fenster sind allerdings viereckig und nicht rund, aber das ist nicht wichtig ... Ich klopfe an das Tor zweimal, dreimal, immer lauter und lauter ... Das Tor geht langsam, mit schwerem Knarren, gleichsam gähnend auf. Vor mir steht ein junges Dienstmädchen mit zerzaustem Haar und verschlafenen Augen. Sie ist offenbar eben erst aufgewacht.

»Wohnt hier der Baron?« frage ich, und meine Blicke durchfliegen den tiefen, engen Hof … Es stimmt: da sind auch die Bretter und Balken, die ich im Traume gesehen hatte.

»Nein«, antwortet mir das Mädchen, »der Baron wohnt hier nicht.«

»Unmöglich!«

»Er ist jetzt nicht hier. Er ist gestern abgereist.«

»Wohin?«

»Nach Amerika.«

»Nach Amerika!« wiederholte ich unwillkürlich. »Er kommt doch noch zurück?«

Das Dienstmädchen sah mich mißtrauisch an.

»Das wissen wir nicht. Vielleicht kommt er auch gar nicht zurück.«

»Hat er lange hier gewohnt?«

»Nein, nur eine Woche. Jetzt ist er ganz fort.«

»Und wie war der Familienname dieses Barons?«

Das Mädchen sah mich erstaunt an.

»Wie, Sie kennen seinen Namen nicht? Wir nannten ihn einfach Baron. He, Peter!« rief sie, als sie sah, daß ich vorwärts dringen wollte. »Komm mal her: ein Fremder ist hier, der alles wissen will.«

Aus dem Hause kam die plumpe Gestalt eines kräftigen Knechtes hervor.

»Was ist los? Was wünschen Sie?« fragte er mich mit heiserer Stimme. Er hörte mich verdrießlich an und wiederholte alles, was schon das Mädchen gesagt hatte.

»Wer wohnt denn hier?« fragte ich.

»Unser Herr.«

»Und wer ist er?«

»Ein Schreiner. In dieser Straße wohnen lauter Schreiner.«

»Kann ich ihn sprechen?«

»Nein, jetzt nicht; jetzt schläft er.«

»Darf ich ins Haus hinein?«

»Nein, gehen Sie.«

»Kann ich den Herrn vielleicht später sprechen?«

»Warum nicht? Gewiß. Den können Sie immer sprechen … Dazu ist er ja Geschäftsmann. Aber jetzt gehen Sie. Es ist zu früh!«

»Nun, und der Mohr?« fragte ich ihn unvermittelt.

Der Knecht sah erst mich und dann das Dienstmädchen ganz verständnislos an.

»Was für ein Mohr?« fragte er schließlich. »Gehen Sie, Herr. Sie können später wiederkommen und mit dem Herrn sprechen.«

Ich trat auf die Straße. Das Tor wurde hinter mir schnell und schwer zugeschlagen, diesmal ganz ohne Knarren.

Ich merkte mir genau die Straße und das Haus und ging, aber nicht nach Hause. – Ich empfand etwas wie Enttäuschung. Alles, was ich erlebt hatte, war so seltsam, so ungewöhnlich und hatte doch ein so dummes Ende genommen! Ich war überzeugt, ich war ganz sicher, daß ich in diesem Hause das mir bekannte Zimmer sehen würde, und mitten im Zimmer meinen Vater, den Baron, im Schlafrock und mit einer Pfeife … Und statt dessen war der Besitzer des Hauses ein Schreiner, den man nach Belieben aufsuchen durfte, bei dem man vielleicht auch Möbel bestellen konnte …

Und mein Vater ist nach Amerika abgereist! Was bleibt mir nun zu tun übrig? … Soll ich alles der Mutter erzählen, oder die Erinnerung an diese Begegnung begraben? Ich konnte mich unmöglich mit dem Gedanken abfinden, daß sich an einen solchen übernatürlichen, geheimnisvollen Anfang ein solches sinnloses und gewöhnliches Ende schließen könne!

Ich wollte nicht nach Hause zurückkehren und ging ziellos aus der Stadt ins Freie.

14.

Ich ging gesenkten Hauptes, ohne Gedanken, fast ohne Empfindungen, doch ganz in mich gekehrt. – Ein gleichmäßiges, dumpfes und wildes Getöse brachte mich aus dieser Erstarrung. Ich hob den Kopf: die See brauste etwa fünfzig Schritte von mir entfernt. Ich sah, daß ich über den Sand einer Düne ging. Die vom nächtlichen Sturme aufgeregte See war bis zum Horizonte mit weißen Wellenkämmen bedeckt, und die steilen, langen Wogen rollten eine nach der anderen langsam heran und zerschellten am flachen Ufer. Ich trat näher und ging längs der Grenzlinie, welche die Brandung auf dem gelben, gestreiften, mit Fetzen von Seealgen, Muschelscherben, schlangenförmigen Bändern des Riedgrases bedeckten Sand zurückgelassen hatte. Möwen mit spitzen Flügeln kamen mit dem Winde aus ferner, luftiger Ferne kläglich schreiend herbeigeflogen, stiegen schneeweiß zum grauen Wolkenhimmel empor, fielen steil herab, sprangen gleichsam von Welle zu Welle und verschwanden, silbernen Funken ähnlich, in den Streifen des wirbelnden Schaumes. Ich bemerkte, daß einzelne Möwen hartnäckig einen großen Stein umkreisten, der einsam inmitten der gleichförmigen Sandfläche lag. Rauhes Riedgras wuchs in unregelmäßigen Büscheln an der einen Seite des Steins, und, wo die verworrenen Stengel aus dem gelben Salzgrund emporstiegen, lag etwas Schwarzes, Längliches, Rundliches, nicht sehr Großes ... Ich sah genauer hin ... Irgendein dunkler Gegenstand lag unbeweglich neben dem Steine ... Er wurde immer deutlicher und bestimmter, je näher ich herankam ...

Ich war nur noch etwa dreißig Schritte vom Steine entfernt ...

Es sind ja die Umrisse eines menschlichen Körpers! Es ist ein Leichnam; es ist ein Ertrunkener, den die Brandung herausgeworfen hat! Ich ging an den Stein heran.

Es war der Leichnam des Barons, meines Vaters! Ich blieb wie angewurzelt stehen. Jetzt erst begriff ich, daß mich seit dem frühen Morgen unbekannte Mächte getrieben hatten, daß ich ganz in ihrer Gewalt war, – und einige Augenblicke lang war in meiner Seele nichts als das eintönige, unaufhörliche Brausen der See und die stumme Angst vor dem Schicksal, das mich ergriffen hatte ...

15.

Er lag auf dem Rücken, etwas zur Seite gekehrt, die linke Hand unter dem Kopfe ... die rechte unter dem gekrümmten Körper. Die Spitzen der mit hohen Matrosenstiefeln bekleideten Füße waren im zähen Schlamm eingesunken; die kurze blaue Joppe war ganz mit Salzwasser durchtränkt und noch zugeknöpft; ein rotes Tuch umschlang straff seinen Hals. Das dunkle Gesicht war zum Himmel gekehrt und schien zu lächeln; unter der emporgezogenen Oberlippe sahen die dichten, kleinen Zähne hervor; die trüben Pupillen der halbgeschlossenen Augen stachen nur wenig von dem dunkel gewordenen Weißen ab; die mit Schaumblasen bedeckten und mit Sand beschmutzten Haare fielen zur Erde und ließen die glatte Stirne mit der bläulichen Schramme frei; die schmale Nase stand scharf zwischen den eingefallenen Wangen. Der Sturm der vergangenen Nacht hatte das Seinige besorgt! Er hat sein Amerika nicht wiedergesehen! Der Mensch, der meine Mutter beschimpft und ihr Leben verstümmelt hatte, mein Vater, – ja! mein Vater – ich durfte nicht daran zweifeln – er lag jetzt hilflos ausgestreckt im Schmutze zu meinen Füßen. Ich hatte das Gefühl befriedigter Rachsucht, empfand auch Mitleid, Ekel und Grauen … doppeltes Grauen: vor dem, was ich sah und vor dem, was vor Jahren geschehen war. All das Böse, Verbrecherische, von dem ich schon sprach, regte sich wieder in mir … es drohte mich zu ersticken … Aha! dachte ich mir: jetzt weiß ich, warum ich so bin, jetzt weiß ich, von wem ich das Blut habe! Ich stand neben der Leiche, und sah, und wartete: vielleicht zuckten noch die toten Pupillen, vielleicht öffneten sich noch diese erstarrten Lippen … – Nein! Alles blieb regungslos, selbst das Riedgras schien da, wo ihn die Brandung herausgespült hatte, zu ersterben; auch die Möwen waren fortgeflogen, kein einziges Trümmerstück, kein Brett, kein Stück Takelwerk war zu sehen. Alles war leer … nur er – und ich – und die fernhin brausende See. Ich blickte mich um: auch hinter mir dieselbe Öde; bis zum Horizont zog sich eine Kette lebloser Hügel … das war alles! Es war mir peinlich, den Unglücklichen in dieser Einsamkeit, im Uferschlamm als Speise für die Fische und Vögel zurückzulassen; eine innere Stimme sagte mir, daß ich Menschen suchen und holen müsse, wenn auch nicht zur Hilfe, so doch um ihn unter ein schützendes Dach zu bringen. Aber eine unsägliche Angst ergriff mich plötzlich. Es war mir, als ob dieser tote Mensch wisse, daß ich hergekommen sei, als ob er selbst diese letzte Begegnung veranlaßt habe – ich glaubte sogar jenes unheimliche mir bekannte Brummen zu hören … Ich lief zur Seite … und blickte mich noch einmal um … Etwas Glänzendes fiel mir in die Augen und hielt mich zurück. Es war ein goldener Reif an der zurückgeworfenen Hand des Ertrunkenen … Ich erkannte den Trauring meiner Mutter. Ich kann mich noch erinnern, wie ich mich bezwang, umzukehren, an ihn heranzutreten, mich über ihn zu beugen … wie klebrig seine kalten Finger waren, wie ich schwer keuchte, die Augen schloß, und mit den Zähnen knirschte, während ich den hartnäckigen Ring vom Finger abzog …

Schließlich habe ich ihn abgezogen, und ich renne, renne davon, Hals über Kopf – und irgend etwas jagt mir nach, holt mich ein, packt mich …

16.

Alles, was ich durchgemacht und erlebt hatte, war wohl auf meinem Gesichte zu lesen, als ich nach Hause zurückkehrte. Als ich ins Zimmer der Mutter trat, richtete sie sich plötzlich auf und sah mich so hartnäckig-fragend an, daß ich, nachdem ich ohne Erfolg versucht hatte, irgendeine harmlose Erklärung vorzubringen, ihr schließlich schweigend den Ring überreichte. Sie wurde entsetzlich blaß, ihre Augen öffneten sich ungewöhnlich weit und wurden ebenso leblos wie bei ihm. Sie schrie schwach auf, taumelte, ergriff den Ring, fiel mir halb ohnmächtig an die Brust und bohrte ihre wahnsinnigen, weit geöffneten Augen in mich. Ich umfaßte sie mit beiden Armen und erzählte ihr stehend, ohne mich zu rühren und ohne Überstürzung mit ruhiger Stimme alles, was ich wußte: von meinem Traum, von der Begegnung und von allem. Sie hörte mich bis zu Ende an, ohne mich auch nur mit einem Worte zu unterbrechen, ihr Atem ging immer schneller, und plötzlich wurden ihre Augen wieder lebhaft und senkten sich zu Boden. Dann steckte sie sich den Ring auf den Goldfinger, trat etwas zur Seite und holte Mantel und Hut. Ich fragte sie, wohin sie gehen wolle. Sie sah mich verwundert an, wollte antworten, aber die Stimme versagte ihr. Sie zuckte einige Male zusammen, rieb sich die Hände, als ob sie sich erwärmen wollte und sagte schließlich: »Wir wollen gleich hingehen.«

»Wohin denn, Mütterchen?«

»Wo er liegt … ich will sehen … ich will ihn erkennen … ich werde ihn erkennen …«

Ich versuchte es ihr auszureden, aber sie hätte beinahe einen Nervenanfall bekommen. Ich begriff, daß es unmöglich war, sich ihrem Wunsche zu widersetzen, und wir machten uns auf den Weg.

17.

Nun gehe ich wieder über den Dünensand, aber nicht allein. Ich führe meine Mutter am Arme. Die See ist zurückgetreten und ruhiger geworden, aber auch das schwächere Brausen klingt noch drohend und unheilverkündend. Da ist endlich der einsame Stein, da ist auch das Riedgras. – Ich schaue gespannt hin, ich bemühe mich, jenen rundlichen, auf der Erde liegenden Gegenstand zu erspähen, – doch ich sehe nichts. Wir kommen näher heran; ich verlangsame unwillkürlich die Schritte. Wo ist denn jenes Schwarze, Unbewegliche? Nur die dunklen Stengel des Riedgrases ragen aus dem schon trockenen Sande … Wir treten ganz nahe an den Stein heran … Die Leiche ist fort, und nur auf jener Stelle, wo sie gelegen hatte, ist im Schlamm noch eine Vertiefung zu sehen, und man kann unterscheiden, wo die Arme und Beine waren … Das Gras ist etwas zerdrückt, da sind auch die Fußspuren eines Menschen zu erkennen; sie laufen quer über die Düne und verlieren sich auf dem Kieselboden.

Mütterchen und ich sehen uns einander an und erschrecken vor dem, was wir in unseren Augen lesen …

Er war doch nicht selbst aufgestanden und fortgegangen?

»Hast du ihn tot gesehen?« fragte die Mutter ganz leise.

Ich nickte nur. Es waren noch nicht drei Stunden vergangen, seit ich die Leiche des Barons gesehen hatte … Jemand hatte sie wohl entdeckt und weggetragen. – Ich sollte eigentlich feststellen, wer es getan hatte und was aus ihr geworden war.

Aber zuerst mußte ich für meine Mutter sorgen.

18.

Solange wir auf dem Wege zum verhängnisvollen Orte waren, schüttelte sie zwar ein Fieberfrost, aber sie beherrschte sich noch. Das Verschwinden der Leiche traf sie wie ein schweres Unglück. Sie verfiel in einen Starrkrampf. Ich fürchtete um ihren Verstand. Mit großer Mühe führte ich sie nach Hause. Ich brachte sie wieder ins Bett und ließ den Arzt kommen; sobald aber die Mutter etwas zur Besinnung kam, verlangte sie von mir, daß ich mich unverzüglich auf die Suche nach »jenem Menschen« begäbe. Ich gehorchte. Aber trotz aller Bemühungen entdeckte ich nichts. Ich ging einige Male auf die Polizei, besuchte alle in der Nähe liegenden Dörfer, erließ einige Annoncen in den Zeitungen, zog überall Erkundigungen ein, – alles war vergebens! Allerdings wurde mir einmal gemeldet, daß in ein Stranddorf ein Ertrunkener gebracht worden sei … Ich eilte sofort hin, die Leiche war aber inzwischen beerdigt worden; übrigens glich sie nach dem Signalement gar nicht dem Baron. Ich stellte fest, auf welchem Schiffe er nach Amerika abgefahren war; zuerst waren alle überzeugt, daß das Schiff während eines Sturmes untergegangen sei; doch einige Monate später ging das Gerücht, daß man es im Hafen von New-York gesehen habe. Ich wußte nicht, was ich noch weiter unternehmen sollte, und begann den Mohren, mit dem ich ihn gesehen hatte, zu suchen; ich bot ihm durch die Zeitungen eine nicht unbedeutende Geldsumme an, wenn er sich bei uns melden würde. Einmal kam in meiner Abwesenheit zu uns wirklich ein langer

Mohr in einem Mantel … Nachdem er aber das Dienstmädchen ausgefragt hatte, ging er eilig fort und kam nicht wieder.

So verlor ich die letzte Spur meines … Vaters; so versank er für immer in stummes Dunkel. – Ich sprach mit der Mutter nie wieder von ihm; nur einmal, wie ich mich entsinne, kam sie auf meinen Traum zurück und wunderte sich, warum ich früher niemals seiner erwähnt hatte; sie fügte dann hinzu: »Also war er wirklich …« sprach aber ihren Gedanken nicht zu Ende. Mütterchen war lange Zeit krank, und unser inniges Verhältnis erneuerte sich nach ihrer Genesung nicht wieder. Sie genierte sich vor mir … bis an ihr Ende … Sie genierte sich buchstäblich. Aber dem war nicht abzuhelfen. Alles gleicht sich aus, selbst Erinnerungen an die traurigsten Familienereignisse verlieren ihre Kraft und ihre Schärfe; wenn aber zwischen zwei einander nahestehenden Personen Befangenheit auftritt, so ist dem nicht abzuhelfen! – Den Traum, der mich so sehr beunruhigt hatte, sah ich nie wieder. Ich »suche« meinen Vater nicht mehr; doch manchmal kommt es mir im Schlafe vor, – als hörte ich ein fernes Schluchzen, ein unstillbares, jämmerliches Klagen; es tönt irgendwo hinter einer Mauer, die ich nicht übersteigen kann; es schneidet mir das Herz entzwei, ich weine mit geschlossenen Augen, und kann unmöglich begreifen, was das ist: ob das Stöhnen eines lebenden Menschen, oder das gedehnte wilde Heulen der bewegten See? Die Töne gehen wieder in ein tierisches Brummen über, – und mit tiefem Weh und Grauen im Herzen wache ich auf.

Biographie

1818	9. *November:* Ivan Sergeeviç Turgenev wird auf dem Gut Spaakoje bei Orel als Sohn eines russischen Landadeligen geboren. Seine grausame, dominierende Mutter übt einen großen negativen Einfluß auf sein Leben.

Turgenev beginnt als Lyriker, wendet sich aber unter dem Einfluß von Nikolaj Gogol der Erzählung zu.

1833	Turgenev studiert in Moskau.
1834–1837	Studium in St. Petersburg.
1838–1841	Im Alter von 19 Jahren reist Turgenev nach Deutschland. Studium in Berlin. Er wird ein enthusiastischer Fürsprecher der Modernisierung von Rußland. Seine frühen Schriften werden in Nekrasovs Journal »Sovremennik« (»Der Zeitgenosse« veröffentlicht.
1841	Turgenev beginnt seine Karriere im russischen Staatsdienst.
1843–1845	Er arbeitet für kurze Zeit im Ministerium für Innere Angelegenheiten.
1843	»Parasha«.
1845	»Razgovor«.
1846	»Andrej«. »Pomeshchik«.
1847	Er erwirbt sich ersten Erfolg mit »Khor und Kalinich«, einer Schilderung des ländlichen Lebens.
1850	»Dnevnik Lishnego Cheloveka« (»Das Tagebuch eines überflüssigen Mannes«).
1851	»Provintsialka« (»Die Provinzielle Dame«).
1852	Berühmt machen ihn die erschienenen »Aufzeichnungen eines Jägers«, Skizzen mit eindrucksvollen Naturbildern, die vom Alltagsleben der Bauern und Gutsherren erzählen. Turgenev hat auch Bühnenwerke geschaffen, die zwar äußerst geistvoll sind, aber der dramatischen Kraft entbehren. In seinen zahlreichen Novellen hat er die Kunst der Charakterzeichnung zu höchster Meisterschaft entwickelt.
1855	»Yakov Pasynkov«.

1850–1860	Turgenevs fruchtbarste Periode ist diese Dekade, deren letzte Hälfte er in Westeuropa verbringt. In seinen Romanen dieser Periode, die »Rudin« (1855), »Dvorianskoe Gnedo«, (»Haus der Aristokratie«, 1859) und »Nakanune«, (1860) miteinschliessen, berührt Turgenev russische Sozial- und politischen Probleme.
1862	Sein Meisterwerk, »Otcy i deti« (»Väter und Söhne«), ist ein Traktat über nihilistische Philosophie und ein Zeugnis persönlichen und sozialen Aufstands. Der Roman wird streng kritisiert und Turgenev ist gezwungen, sich außerhalb Rußlands aufzuhalten, um seine lebenslängliche Liebesaffäre mit der französischen Sängerin und Komponistin Pauline Viardot-Garcia fortsetzen zu können.
1867	»Dym« (»Rauch«).
1869	»Pervaia Liubov« (»First Love«).
1870	»Stepnoy Korol' Lir« (»Ein Lear der Steppen«) erscheint.
1872	»Mesiats v Derevne« (»Ein Monat auf dem Lande«, Schauspiel).
	»Veshinye Vody« (»Strom der Frühlings«).
1877	»Nov« (»Unberührter Boden«) behandelt soziale Themen.
1878	»Senilia« (»Poeme in Prosa«).
1883	*3. September:* Ivan Sergejewitsch Turgenev stirbt in Bougival bei Paris.

Erzählungen aus dem Biedermeier

Biedermeier - das klingt in heutigen Ohren nach langweiligem Spießertum, nach geschmacklosen rosa Teetässchen in Wohnzimmern, die aussehen wie Puppenstuben und in denen es irgendwie nach »Omma« riecht.

Zu Recht. Aber nicht nur.

Biedermeier ist auch die Zeit einer zarten Literatur der Flucht ins Idyll, des Rückzuges ins private Glück und der Tugenden. Die Menschen im Europa nach Napoleon hatten die Nase voll von großen neuen Ideen, das aufstrebende Bürgertum forderte und entwickelte eine eigene Kunst und Kultur für sich, die unabhängig von feudaler Großmannssucht bestehen sollte.

Georg Büchner Lenz **Karl Gutzkow** Wally, die Zweiflerin **Annette von Droste-Hülshoff** Die Judenbuche **Friedrich Hebbel** Matteo **Jeremias Gotthelf** Elsi, die seltsame Magd **Georg Weerth** Fragment eines Romans **Franz Grillparzer** Der arme Spielmann **Eduard Mörike** Mozart auf der Reise nach Prag **Berthold Auerbach** Der Viereckig oder die amerikanische Kiste

ISBN 978-3-8430-1884-5, 444 Seiten, 29,80 €

Erzählungen aus dem Biedermeier II

Annette von Droste-Hülshoff Ledwina **Franz Grillparzer** Das Kloster bei Sendomir **Friedrich Hebbel** Schnock **Eduard Mörike** Der Schatz **Georg Weerth** Leben und Taten des berühmten Ritters Schnapphahnski **Jeremias Gotthelf** Das Erdbeerimareili **Berthold Auerbach** Lucifer

ISBN 978-3-8430-1885-2, 440 Seiten, 29,80 €

Erzählungen aus dem Biedermeier III

Eduard Mörike Lucie Gelmeroth **Annette von Droste-Hülshoff** Westfälische Schilderungen **Annette von Droste-Hülshoff** Bei uns zulande auf dem Lande **Berthold Auerbach** Brosi und Moni **Jeremias Gotthelf** Die schwarze Spinne **Friedrich Hebbel** Anna **Friedrich Hebbel** Die Kuh **Jeremias Gotthelf** Barthli der Korber **Berthold Auerbach** Barfüßele

ISBN 978-3-8430-1886-9, 452 Seiten, 29,80 €